МОИ

УНИВЕРСИТЕТЫ

我的大学

МОИ УНИВЕРСИТЕТЫ

〔苏〕高尔基◎著

袁　群◎译

辽海出版社

图书在版编目(CIP)数据

我的大学/(苏)高尔基著;袁群译.—沈阳:辽海出版社,2017.12(2019.4 重印)

ISBN 978-7-5451-4474-1

Ⅰ.①我… Ⅱ.①高… ②袁… Ⅲ.①长篇小说—苏联 Ⅳ.① I512.45

中国版本图书馆 CIP 数据核字(2017)第 269436 号

责任编辑:丁　雁
封面设计:余　微
责任校对:赵晓云

出版者:辽海出版社
　地　址:沈阳市和平区十一纬路 25 号
　邮　编:110003
　电　话:024-23284381
　E-mail:dszbs@mail.lnpgc.com.cn
　http://www.lhph.com.cn
印刷者:北京德富泰印务有限公司
发行者:辽海出版社

幅面尺寸:160mm×230mm
印　　张:12
字　　数:125 千字

出版时间:2018 年 2 月第 1 版
印刷时间:2019 年 4 月第 2 次印刷
定　　价:21.80 元

译者序

高尔基(1868—1936),前苏联无产阶级作家,社会主义现实主义文学的奠基人。他出身贫苦,幼年丧父,11 岁即为生计在社会上奔波,当过装卸工、面包房工人,贫民窟和码头成了他的“社会”大学的课堂。他与劳动人民同呼吸共命运,亲身经历了资本主义残酷的剥削与压迫。这对他的思想和文学创作发展具有重要影响。

高尔基刻苦自学文化知识,并积极投身革命活动,探求改造现实的途径。1892 年发表处女作《马卡尔·楚德拉》,登上文坛,他的早期作品杂存着现实主义与浪漫主义两种风格,这是他无产阶级世界观形成前必然经历的阶段。浪漫主义作品如《马卡尔·楚德拉》《伊则吉尔老婆子》(1895)、《鹰之歌》(1895) 等,赞美了热爱自由、向往光明与英雄业绩的坚强个性,表现了渴望战斗的激情;现实主义作品如《契尔卡什》《沦落的人们》《柯诺瓦洛夫》等,描写了人民的苦难生活及他们的崇高品德,表达了他们的激愤与抗争。这些作品的主人公大多是努力探求新的生活道路、思考生活的意义并充满激烈的内心冲突的人物。

《我的大学》是高尔基著名的自传体小说三部曲中的第三部,其余两部为《童年》《在人间》。

小说叙述了饱尝人间辛酸的阿廖沙,抱着进大学读书的理想来到喀山,但理想无法实现,喀山的贫民窟与码头成了他的社会大学。贫苦的生活使他在伏尔加河一带流浪,和搬运工人、小偷、乞丐生活在一起。后来,他在面包店找到工作,向工人们传播革命理想,参加了大学生的秘密组织,鼓励工人罢工。在革命者的引导下,他摆脱了自杀的精神危机。喀山的四年使他在思想、学识、社会经验方面都有了长足的进步。

在《我的大学》里,高尔基用自己的笔触反映了当时俄国知识分子的生活和民粹派反抗沙皇统治的活动,展示了这一时期俄国知识分子的思想状况。

在高尔基的自传小说中，我们看到青少年时期的高尔基就已经对俄国的丑恶现实十分憎恶，一直努力探索生活的道路。他曾经幻想自己做一个强盗，劫富济贫或者用向上帝祈祷的方式来改善人们的生活，但当时他还很年轻，当然这只是天真幼稚的幻想。在大量的批判现实主义作品中，他也未能找到曾苦苦思索的“我该怎么办”的问题的答案。接触了许多具有革命情绪的知识分子后，高尔基又想从他们那里找到新的生活道路。

小说以其现实主义写实风格和热情勇敢的生活态度征服了全世界无数读者的心。它问世之后产生了广泛的影响，鼓舞着无数渴望光明和知识的年轻人勇敢前进。

袁　群

目　录

第一章

扫码听书

我要去喀山大学读书。我暗下决心，不管怎样都要实现我的目标。

我上大学的想法是在一个名叫尼古拉·叶夫列伊诺夫的中学生的启发下产生的。他有一双清澈透明的眼睛，脸蛋儿生得漂亮，很讨人喜爱。当时他就住在我们那栋房子的阁楼上，由于常常见我读书，就开始注意我，时间一长，我们就成为朋友了。没多久，叶夫列伊诺夫就断言，说我“具备从事科学研究的才能”。

“你天生就是做科学研究的材料！”他潇洒地甩动着马鬃一般的长发对我说。

他说这话时我还不知道，就算一只小家兔都能够为科学研究做出贡献。叶夫列伊诺夫苦口婆心地向我证明，大学里正需要我这样的人。当然了，也无可避免地讲到了哈伊尔·罗蒙诺索夫的故事。

他还说，到了喀山可以住在他家，花费一个秋冬完成中学的学业，然后“随随便便”去参加几场考试，我就能申请助学金上大学，估计再上五年时间的大学，我就是“文化人”了。他把这些讲得这么简单，当然这也怪不得他，毕竟他仅仅是个十九岁的少年，又怀有一份菩萨心肠。

学校终考之后，他返回家乡。又过了两个礼拜，我也跟着去了。

临走之前，外祖母一再叮嘱我：

“你以后别动不动就向人家发脾气了！要是时常发脾气，就会变得冷酷无情！这都是跟你外祖父学的！你看不见他最后怎么了吗？可怜的老头儿，活了一辈子，到老却成了傻子！你一定要切记：上帝不惩罚人，只有魔鬼才干这样的事！你走吧！唉……”

她抹掉满是皱纹的老脸上的几滴泪水，接着说：

“恐怕我们不会再见面了！你这野孩子，非要跑到海角天涯去，我都活不了多长时间了……”

近几年来，我时常离开这个心地善良的老人，几乎没怎么和她待在一块儿，当我想到这个与我血脉相通、真心爱我的亲人，真的要与我分别时，心中不免生出一阵悲凉。

我呆呆地站在船尾望着外祖母，她在码头紧靠水边处站着，一只手画着十字，一只手用破旧的披肩角擦拭着双眼，那是一双永远对世人充满和蔼而又善良的凹陷双眼。

从那以后，我来到了这有一半鞑靼人居住的城市，住在一座平房之中的一个小房间里，那平房安静地坐落于一条偏僻的街道上。房子对面是一片火烧之地，野草茂密，许许多多倒塌的建筑废墟从杂草和林木之中突兀而出。废墟下是一个大地洞，那些四处流浪的野狗常躲到这里，有时它们也死在这里。这个地方让我刻骨铭心，它是我的第一所大学。

叶夫列伊诺夫的家里有两个儿子，靠着少得可怜的抚恤金维持生计。

他的母亲叫瓦尔瓦拉·伊凡诺夫娜。

我刚到他们家那几天，常见这个面色蜡黄的寡妇，每次从市场买回东西放到厨房里，就眉头紧锁，一副愁容，她在想着怎样解决眼前的难题：就算自己不吃，怎样才能用一小块肉做成一顿美餐满足三个健硕男孩儿的胃口？

她是一个尤其安静的女人，灰色的双眼之中透露着温和而倔强的性格。她就像一匹精疲力竭的母马，明明知道她已没有办法驾驭生活这辆车了，依旧勉强地用劲向前拉！

到她家的第四天早晨，她的两个儿子还没起床，我去厨房帮她洗菜。她轻声细语地向我发问：

"您为什么来这里？"

"上大学读书。"

只见她眉毛一皱，额头一蹙，原来是把手切了。她一面吮着手指，一面跌坐到椅子里，之后又跳起来，喊道：

"哎呀！见鬼了……"

她用手帕包扎完伤口就称赞道：

"您削土豆技术倒是挺高的！"

这算得了什么！小菜一碟！我顺便就告知了她我在轮船上帮厨的经历。她接着向我发问：

"那么，您凭这点儿本事就能上大学吗？"

我没听出来她话里有话，由于当时我还不明白什么是幽默与讥讽。我向她详细介绍了我的行动计划，并强调，只要努力，上大学就不成问题了。

她无可奈何地叹了口气，嚷着：

"唉！尼古拉！这个尼古拉……"

就在这会儿尼古拉跑进厨房洗漱。他睡得迷迷糊糊的，头发乱蓬蓬的，看上去和平常一般兴奋。

"我说妈妈！咱们今天吃肉馅馅饼吧！"

“那好吧。”她应道。

我觉得我大显身手展示厨艺的机会来了，便急忙接过话来说，要包馅饼这点儿肉太瘦太少了。

这下完蛋了，瓦尔瓦拉·伊凡诺夫娜恼羞成怒，她把我数落得面红耳赤，又把手中的胡萝卜丢到了桌子上，愤愤而去。尼古拉向我使着眼色说：“气愤极了！”

他坐在凳子上接着对我说：“女人比男人容易气愤，这是天生的。有关人士包括瑞士的大学者和英国的约翰·穆勒都曾对这一论点做过研究。”

尼古拉很乐意教育我，一逮着机会就对我谆谆教诲，我呢，每次都是如饥似渴地聆听教诲。然后，聆听的结果是，我居然把佛克、拉罗士佛克和拉罗士查克林混淆了。还有我怎么也记不清楚到底是拉瓦锡砍了杜莫利的头，还是杜莫利砍了拉瓦锡的头。

尼古拉一心一意要教育我成人，然而他力不从心，一方面是由于没空，另一方面，他浮华、轻浮、自私，带有都市青年作风，这是主要原因。他甚至对妈妈的含辛茹苦视而不见，他弟弟是一个沉郁呆板的中学生，对母亲的艰辛更是置若罔闻。

倒是我老早以前就发觉了这位可怜母亲的厨房哲学，她的厨艺令人叹服，她是数着米粒做饭的！每天只用一点点东西玩魔术一般做出丰富的菜肴，养活自己，两个孩子，还有我这个相貌平平、不明白规矩的小流浪儿。

分给我的每一片面包，在我心中都重若磐石。我决心出去找点活儿干，我要自己养活自己。

为了不在他家吃饭，我早晨起来就躲到外面去，如果碰上刮风下雨，就到那个大地洞里避一会儿。听着洞外的倾盆大雨和狂风怒吼，闻着动物尸体的腐烂味儿，我突然醒悟：上大学不过是白日做梦罢了！倘若我当初去的是波斯，肯定比这儿过得好。

我开始充分发挥我的想象力，幻想自己变成了一个白胡须的法师，能够施展法力让一粒谷子长成苹果那么大，让一个土豆长到一普特（一普特约 16.38 千克）重，我在为全部遭苦难折磨的人民寻找希望，我想解救他们。

我当时沉迷于幻想伟大的冒险事业，由于苦难的生活需要幻想来调节。苦难的日子是多么遥遥无期啊！我已迷恋上了幻想。

苦难的日子里我变得越发坚强了，我并不奢求他人的救助，也不渴求突然的时来运转。生存环境越艰苦，越能磨炼人的意志，增长人的智慧，这个道理我从小就明白。

为解决生存问题，我时常到伏尔加河码头上干活，在那儿挣到十五至二十个戈比还不成问题。所以，我就成为那些搬运工、流浪汉和无赖中的一员了。我感觉自己就像是一块生铁投进了燃烧的炉火里，每一天都有烙印深深地打在我的心上。

那些举止粗鲁、坦率鲁莽的人群，在我眼前走马灯一般跑来跑去，我由于有过去的一些经历，轻而易举地就赶上了他们的步伐。以前我读过勃莱特·哈特的作品以及其他通俗小说，所以对他们敢爱敢恨、天不怕地不怕的豁达人生态度很是赞赏，我迫不及待地想融入这个热情的群体之中，加入这个队伍。

我认识了一个叫作巴什金的人，他专靠偷盗为生，上过师范院校，受过良好教育，现在已是一个饱经世事且肺病缠身的人。他善意地劝说我：

“你干吗跟女孩儿一般羞涩？是怕别人骂你不老实？老实，对女孩儿来说确实是资本，但对你——不过是枷锁。公牛老实，但它只配吃干草！”

巴什金其貌不扬，一头棕发，脸刮得亮光光的，不知道的还认为是准备上台的戏子呢，他矮小的身材如猫般轻盈灵活。他对人很体贴，时常以老师和保护人的身份自居，看得出来他是诚心帮我解决问题。他读过不少书，人又聪明，他最爱读《基督山伯爵》。

“这部书主题鲜明，情感丰富。”他说。

他有一癖好：谈论女人。一讲到女人他就神采飞扬，手舞足蹈，情绪昂扬，从他那被打得残疾的躯体里发出一种令人呕吐的痉挛。就算如此，我依然专心致志地听他讲话，感觉告知我他用词很美。

“啊，女人！”他满腔热情地说，这时他的脸颊生出了红晕，两只眼睛闪动着光芒，“只要是为女人，我一百个乐意。女人就像魔鬼一般，她们根本就不知道罪孽是什么！跟女人恋爱是世界上最美好的事！”

他还擅长编故事，轻而易举就鼓捣出妓女们红颜薄命、凄美哀伤的小曲。他编的小曲在伏尔加河两岸的各个城市都被唱遍了。下面这首非常流行的小曲就是他的杰作：

奴生贫寒家
脸蛋儿不漂亮
身上没有一件好衣裳
就是为了这个，姑娘呀！
没人和你把亲成……

我还认识一个行迹很诡异的人，他叫特鲁索夫，对我也很是照顾。他比较注重修饰，仪表堂堂，打扮得很阔绰，有一双音乐家般纤细修长的手。他在海军村经营着一间钟表店，实际上是他凭借这个招牌推销偷来的赃货。他对我说：

“彼申克夫，你可不能学做扒手！”他煞有介事地摸了一下他的花白胡须，然后眯起那双狡猾、傲视尘俗的眼睛，“在我看来，你能够另寻门路，你是个品行高尚的人。”

“何谓品行高尚？”

“嗯，怎么说才好呢，就是只有好奇心，而没有嫉妒心……”

这样说我，我着实是受之有愧，毕竟我嫉妒过太多的人和事。举个例子来说吧，巴什金讲话的艺术和措辞的优美，就曾让我嫉妒过。我还记得他是这样开始讲一个爱情故事的：

“一个漆黑的夜里，我像猫头鹰一般躲在树洞里，静坐在斯维亚什斯克这个荒僻小城的旅店里。

“这是深秋十月，外面阴雨连绵，秋风怒号，仿佛受了委屈的鞑靼人拉长了哀号声一般‘呜呜呜’个不断。

“这时，她来了，这么轻盈、亮丽，如刚刚升起的朝霞。她的眼神里写满了佯装的天真纯洁，她用极其温和的语气说：‘亲爱的，我没有辜负你吧！’

“尽管我知道她在说谎，但我依然不可自拔地相信她！理智使我清醒，爱情让我沉沦！”

他讲故事时，身体富有节奏地颤动着，双眼眯着，不时轻拍一下自己的胸脯，很投入的模样。

他的声音并不好听，还有些嘶哑，但语言却十分优美，恰似夜莺在歌唱。

我还嫉妒过特鲁索夫，他最擅长讲西伯利亚、希瓦、布哈拉等地的故事。他讲故事的技巧很熟练，绘声绘色，有身临其境之感。他敢对大主教随便讥讽，有一回他居然偷偷骂了沙皇亚历山大三世：

“他是个名副其实的专制魔王！”

我觉得特鲁索夫这个人很像小说之中的“小人物”，这类人在小说的最后，意外地由一个“小人物”摇身变成胸怀坦荡之人。

每当天气燥热，大家就渡到喀山河对岸去，坐在小树林间，一面吃吃喝喝，一面讲述心事。主题多是困苦生活，奇闻怪事，最热门的话题当然是女人。奇怪的是，每当他们谈论女人，就满怀憎恨和忧伤，像闯入了一个蛇蝎遍地的黑暗角落。

我跟他们来这儿两三回，我们躺在长满小柳树的洼地里休息。

这儿由于临近伏尔加河，空气是潮湿的，船灯看上去跟萤火虫在夜色之中飞舞一样，更有从富裕的乌斯隆村里店铺和住宅窗户透出的光亮，在漆黑的河岸上连成一串串火球、火网。轮船蹼轮拍击着河水，发出隆隆的声音。

水手们在船上“狼嚎鬼叫”，一些人用锤子敲击船板拉长声唱着凄凉的歌，以排解心中的苦闷，这歌声又给人们平添了一份忧伤。

最伤感的莫过于听他们诉说心事，诉说怎样应对艰辛的生活。他们各谈各的，谁也顾不上听别人的。他们或坐或卧，抽着烟，间或喝点伏特加或啤酒什么的，酒勾起了他们许许多多难忘的回忆。

“嗯，我曾遇到过这样一件事。”夜色中趴在地上的一个人说道。

当故事结束，大家一致认为：

“屡见不鲜——见过了……”

“知道”“见过”“见得不愿见了”，这些话听上去让人沮丧，就像在今夜他们已走到了人生的尽头，由于人世间的一切他们都经历过了，以后再没什么新鲜事可提了。

我的这个想法使我跟巴什金和特鲁索夫有些距离。当然，我同样很爱他们。依我现在的生活历程看，我走他们走过的路，步他们的后尘是自然而然的。尤其是我的目标———上大学的理想触礁，使我与他们之间的距离拉近了。

有时我由于挨饿、苦闷，也曾想去触犯“神圣”的私有制干点什么勾当，但我当时的崇高理想不允许我背离光明大道，这与我读的书紧密相关。

我除了读哈特的书外，还看了不少好书。书中所描写的某种似懂非懂，但十分美好的前程告知我，我应追求比眼前更有意义的东西。

这段时间我结识了一些新人，他们给我留下很深的印象。叶夫列伊诺夫家前的那片空地，时常会有一群中学生做一种玩积木的游戏，我被他们之中的一个叫作古里·普列特尼奥夫的青年吸引住了。

他貌不惊人，皮肤略黑，黑发，有点儿像日本人，满脸的雀斑，真像火药末涂进皮肤里了。他乐呵呵的，玩起来机智，说起话来幽默俏皮。

普列特尼奥夫和许许多多有天赋的俄罗斯人一般，并不想挖掘自己的潜力，而是躺在生来的天才里度日。

他有艺术天赋，听力敏捷，善于鉴赏音乐，还会弹竖琴、俄罗斯三弦琴，拉手风琴，然而他仅仅满足于此，不再想深入学下去。

他很穷，衣服上挂满补丁，再配上有漏洞的皮靴，这身装束倒是与他放荡不羁、动作敏捷的气度很般配。

他看上去像久病初愈的人，又像昨天才出狱的囚犯，对一切都充满好奇。世界对他来说总是这么新奇美好，而他像一只快乐的小鸟般跳来跳去。

他知道了我生活艰难，无依无靠，就让我和他一块住，还建议我报考小学老师。这样，我到了“马鲁索夫卡”这个奇怪而有意思的贫民窟——雷布诺里亚德大街上一幢破烂不堪的房子，这儿满地是饥饿的大学生、妓女和失去形态的穷鬼。

普列特尼奥夫住在走廊之中通向阁楼的楼梯下面，那儿放着一张木板床，走廊尽头的窗户旁有一张桌子和一把椅子，这就是他的全部家产。

走廊通着三个房间，其中两间住着妓女，另外一间住着患有肺病的数学家。他过去是神学院的学生，又瘦又高，头上脸上长着红色的硬毛，破烂的衣服几乎不能遮羞，从衣服的破旧处能够看到他青乎乎的肉皮和一根根的肋骨。总而言之，他的模样让人感到很是畏惧。

他好像靠吃指甲为生，手指头都被他咬破了。他没日没夜地算呀算呀，写呀写呀，不断传出“吭吭吭”的咳嗽声。妓女们又怕他又怜悯他，她们时常故意丢一块面包、茶、砂糖在他门前，他见了就把它们全部搬回自己房里，还一面呼哧呼哧地喘着粗气，像一匹累坏了的老马。要是妓女们因故没送吃的给他，就会听到他沙哑的声音在走廊里回荡：

“面包！”

靠别人的怜悯的生活并不能改变他深凹的双眼之中闪烁着的傲慢的神气。有时会有一个小驼背来找他，这个人模样怪怪的，瘸着一条腿，肥笨的鼻子上架着一副深度眼镜，头发花白，清教徒一般冷淡的黄脸皮上挂着狡诈的笑容。

他每次来后，房门就会紧闭数小时，没有任何动静。但有一次深夜时分，我被数学家的吼叫声惊醒：

“听我说，这真是监狱！几何学，是羊圈，嗯，是老鼠洞，是监狱！”

之后传来小罗锅的尖笑声，他在不断复述着一句听不大明白的话，这时数学家已恼羞成怒了：

“给我滚！”

可怜的客人愤愤地滚出房门，嘴里还在不断地咒骂，宽大残破的外衣里裹着他残疾的躯体。这时，又瘦又高的数学家正怒目圆睁地站在门口，手指插进蓬乱的头发里，嘶哑的喉咙里吼出：

“欧几里得是个笨蛋！名副其实的大笨蛋……我敢断定，希腊人绝对没有上帝聪明！”

然后，他用力关上房门，“哐啷”一下，屋里什么东西被震掉了。

第二章

没过多久，我听说数学家是盘算着用数据来证明上帝是存在的，然而壮志未酬身先死了。

普列特尼奥夫的工作是给印刷厂的报纸做夜班校对，薪酬为十一戈比。由于要参加考试，没有多少时间出去干活挣钱，我俩一天就只有四斤的面包、两戈比的茶和三戈比的糖填肚子了。

我只得硬着头皮学习各类课程，那些古老生硬的语法最让我恼火，生动、灵活、俏皮的口语与古老呆板的语法相比是多么遥不可及啊。幸好我很快就知道了，现在学习这些知识还为时过早，即使我通过了乡村教师考试，由于年纪小也得不到那个位置。

我和普列特尼奥夫睡一张床，他白天睡，我晚上睡。每天早晨，当他干完一整夜的工作，脸色乌黑、眼珠红红地回来时，我就跑到小饭馆去打开水，我们自己是没有茶炊的。之后我们开始吃早餐——啃面包吃茶。他从报纸中挑出新闻读给我听，时常读的是那个笔名“红鬼”的酒鬼作家的打油诗。

我一直很纳闷普列特尼奥夫游戏人生的生活态度，在我看来他的人生观和那个倒卖女人旧衣服顺便为女人拉皮条的肥婆加尔金娜没什么两样。

这个肥婆就是房东，普列特尼奥夫刚开始租下这个小屋一角的时候没钱付房租，他就给肥婆说笑话，拉手风琴，唱动听的歌。

每当他唱歌的时候，双眼里就会闪烁着冷漠的光，而肥婆加尔金娜曾经做过歌剧班的合唱歌手，她能领悟到歌声之中的含义。偶尔她竟被感动得热泪盈眶，充满双眼的泪水洗涤着醉得发肿的脸，她先用胖手指抹掉泪水，再用一条很脏的手帕缓慢擦着手指。

“天啊！太棒了，古里，”她感叹着，“您是个真正的艺术家！如果您长得再漂亮点——我会把好运带给你的！我已介绍过许许多多小伙子给寂寞的女人们了！”

我们头顶上的阁楼里就有一个这样的小伙子，大学生，皮匠的儿子。他中等身材，胸宽背阔，屁股又窄又小，看上去像个倒三角形，仅仅下边的角儿不太完善。他的脚像女人的一样，肩膀里还夹着小小的脑袋。一头马鬃一般的红头发，面色苍白，无精打采，脸上镶着两只凸起来的绿眼睛。

这个大学生很是叛逆，他当初就是由于违背父命进了一般的中学，落得饥寒交迫的境地，以后好不容易考上大学，他又发觉自己有一副好嗓子：浑厚、圆润的男低音，所以他专攻唱歌了。

也正是这个原因，加尔金娜才找到他，把他介绍给一个富商的太太，她大约四十岁，儿子上大学三年级，女儿中学快毕业了。

这位商人太太是个瘦削的女人，没有一点儿女性魅力，胸脯平板，身子直挺挺的倒像个士兵，脸上没有一点儿光彩，像个清心寡欲的老修女。两只灰色的大双眼深陷在黑眼窝里。她穿一件青色外衣，头戴旧式丝巾，两只绿绿的宝石耳环垂在耳际。

她时常在下午或清早来找她的大学生，我见过她好几次，她动作十分敏捷，一纵身就跳进大门，然后以迅雷不及掩耳的速度冲上阁楼。

她的脸色十分恐怖，双唇往里抿得几乎消失得无影无踪了，眼珠倒是全瞪了出来。她惊慌地东张西望，她的模样看上去真像个残疾人，尽管她确实四肢健全，但总有这么股劲儿让人看了不舒服。

“瞧！”普列特尼奥夫叫道，“她真是个疯子！”

但事实上大学生也十分厌恶她，因此总躲着不见她，然而，躲得了一时躲不过一世，商人太太像个冷漠无情的讨债人，具体地说，她像一个歹毒的密探每时每刻监视着他。

“我真不要脸！”大学生带些醉意地说，“到底怎么了？突然想起来要学唱歌？就凭我这德行，谁会让我登台表演呢，这绝不可能！”他悔悟了。

“你还不赶紧和那个女人断了关系！”普列特尼奥夫劝他说。

“你说得是，我又恨她又怜悯她！我真受不了她！唉！要是你们知道她的故事……唉……”

这我们早就清楚了，曾经有一个晚上，我们听到商人太太如此乞求大学生：

“求求你了！看在上帝的分儿上……我的心肝儿宝贝儿！求你了——就看在上帝的分儿上吧！”

商人太太拥有万贯家产，却像个乞丐一般向一个穷大学生乞讨爱情，听说她是某个大厂的股东，有许许多多房产，她也做慈善——捐了一笔巨款给产科学院。

普列特尼奥夫吃完早餐就躺下睡觉，我去外面找点事做，天一黑我就回来，古里去印刷厂干活。如果运气好，我能带回点吃的：面包、香肠或牛杂碎，就分一半给他。

当我一个人闲着百无聊赖时，我就在贫民窟的走廊里来回观察，想知道我的邻居们是怎样生活的。这儿的人们住得像蚂蚁窝一般拥挤。各色人等，全都聚集在此。刺鼻的酸腐气从各个角落里挥发着，从早到晚这儿从未有过一会儿的安静：缝纫机嗒嗒嗒个不断，歌女们的吊嗓儿声，大学生的男低音，喝得醉醺醺的男戏子的高声朗读，微醉妓女们的狂呼乱叫……

看到这一切，我的心中不禁疑惑：

“人们这样活着到底是为了什么？”

一个秃顶只有周边长红头发、高颧骨、大肚子、两条细腿的人，由于厚重的蠢笨双唇里包着一口大马牙而得名“红毛马”。

他时常活跃在有了上顿没下顿的年轻人之中。据他说他已和他的西姆比尔斯克的商人亲戚打了三年官司，他逢人就说：

“不要命也要把他们折腾得倾家荡产！让他们过上三年乞讨生活，然后，我就把赢得的家产归还他们，并对他们说：‘狗奴才们，晓得我的厉害了吧！感觉怎么样？’”

“红毛马！这就是你追求的全部吗？”有人这样问他。

“对！我这辈子就专心干这事，没其他了！”

他成天忙忙碌碌，穿梭于地方法院、高级法院和律师事务所之间，他时常在夜里坐着马车带回许许多多吃的喝的来，然后把凡是想吃一顿饱饭、喝两口甜酒的大学生们、女裁缝们，请到他那间天花板坠落、地板下陷的脏屋子里，举行晚宴。

红毛马只喝甜酒，这样的酒不管溅在哪儿，就甭想再洗掉，肯定会留下紫色的污痕。他如果喝多了，就会喊叫：

“你们这群可爱的小鸽子！我爱你们，你们都是好人！可我却是一个混蛋，是吃人的鳄鱼，我要吃掉他们——我的亲戚！不管怎样我要吃掉……”

他边喊边掉眼泪，像是受了委屈一般，泪水从他丑陋的高颧骨上滑落，他用手抹抹泪水就擦到膝盖上，这是他的习惯动作，因此他那肥大的裤腿上总是沾满了油污。

“你们过的是怎样的生活呀？”他大声说，“忍饥挨饿受冻，衣衫褴褛——人应该如此活法吗？人能从这样的生活之中学到什么？唉，假使沙皇知道你们这样活着……”

然后，他从衣兜里掏出一把彩色钞票，冲大家嚷：

“喂！兄弟们！需要钱的拿去吧！”

歌女和女裁缝们你争我夺想从他的毛毛手中抢到钱，他却高声笑道：

“这钱是给大学生的，不是给你们的！”

然而没有大学生要他的钱。

“把你的臭钱丢到盥洗室去吧！”毛皮匠的儿子怒气冲冲地叫着。

一天，红毛马喝醉了，手里捏着一把揉皱的十卢布钞票来到古里这儿，把钱往桌上一丢，说：

“这钱我不要了，你要吗？……”

说完身子一斜就躺在我们的木板床上，呜咽起来，我们急忙用冷水给他醒酒，向头上浇水，往嘴里灌水。

等他睡着了，古里想把他的钱展开，然而这钱被攥得太紧了，得先用水润湿才能一张张分开。

这个大贫民窟的窗户正对着隔壁房子的山墙，屋子里乌烟瘴气、肮脏不堪，人们挤在一块大声吵闹让人心烦，红毛马是人群之中闹腾得最欢的一个。

“你为什么不住大旅馆，却偏往这儿挤呢？”

“我的好兄弟！就图个心里舒服呀！和你们在一块我能感受

到人间的温暖……”

毛皮匠的儿子立刻附和道：

“他说的是对的！我有同感。假使我到别处去住，恐怕早就完蛋了……”

红毛马恳求普列特尼奥夫说：

“弹起你的琴！唱首歌吧……”

就这样古里坐下弹起了竖琴，他边弹边唱：鲜红的太阳，你快升起来吧！快快升起……，他的歌声婉转动听，所有的人都被感动了。

屋子里静下来了，大家都陶醉在这忧伤的歌声和如泣如诉的竖琴声之中了。

“太精彩了！小家伙！”和商人妇斩不断“情丝”的可怜的大学生赞叹着。

在这个聚集着许许多多奇怪的人群的贫民窟里，古里·普列特尼奥夫是最会制造快乐气氛的人，就像神话故事里的快乐之神一般。

他多才多艺，才华横溢，生机勃勃，充满了青春的朝气。他会说最幽默的笑话，会唱最动听的歌，他还敢于批评社会上的遗风陋俗，甚至评论社会的不公平现象，他的存在使人们平淡的生活出现了点生机。

古里只有二十岁，看上去还是个孩子，然而在这个大家庭之中，人们热爱他，拥戴他，信任他，遇到麻烦都向他求助。好人热爱他，坏人害怕他，甚至那个叫作尼基福雷奇的老警察见到他都迎上笑脸来。

马鲁索夫卡贫民窟，处在上山去的交通要道上，它在雷布诺里亚德和老戈尔舍奇纳两条街的交会处。尼基福雷奇的派出所静寂地守在老戈尔舍奇纳街的拐弯处，和贫民窟的大门距离不远。

他是个胸前挂奖章的瘦高老头儿，在这条街上干了许许多多年了，看上去还算机警，笑起来倒也亲切，但依然隐藏不住眼中的狡诈。

他对我们这个鱼龙混杂的贫民窟非常留意，每天都会全副武装地到此巡察几回，巡察时慢慢吞吞，就像动物园里饲养员查看铁笼里的野兽一般，看完一个窗户，再看下一个窗户。

他的功绩十分可观，今年冬天他抓了一个叫斯米尔诺夫的单臂军官和叫穆拉托夫的兵士，而他们都曾得过圣乔治勋章，参加过斯科别列夫将军指挥的阿哈尔－贴金远征军。还逮捕了佐布宁、奥夫相金、格里戈里耶夫、克雷诺夫等人。

据说他们被逮的原因是想建立一个“地下”印刷厂，斯米尔诺夫和穆拉托夫就是由于周日白天偷走了城里克柳奇尼柯夫印刷所的铅字而被捕的。不久之后的一个晚上，贫民窟里一个成天满面愁容、被我称作“活钟楼”的人被抓了。第二天早晨，古里知道这事后，气愤地抓着头发对我说：

“马克西莫维奇老弟！真糟糕！你赶紧去……”

他告知我到哪儿去，又叮嘱我：

“肯定要小心翼翼！那儿也许有密探……”

这个秘密行动令我激动不已，我像一只小燕子一样飞到了海军村。

我走进一家昏暗的铜匠铺，见一个卷发蓝眼的年轻人正镀一口带耳的平底锅，看起来不像工人。屋角的老虎钳边有一个小老头，他的白头发用一根小皮带束着，正忙着打磨一个活塞。

我问他：

“你们这儿有活儿吗？”

小老头愤声地答道：

“我们有自己人的活，可惜没你的活儿！”

那个年轻人看了我一眼，又埋头镀他的锅。我用脚碰了一下他的脚，他又惊又怒地盯着我，手中握着平底锅，仿佛要冲我砸过来一般。见我一个劲地向他使眼色，才冷静地说：

“走吧！”

我又向他使了个眼色，才走出店铺，站在大街上，不久卷发青年也跟了出来，一语不发地看着我，点燃一支纸烟。我问他：

“你是吉洪吗？”

“是的！”

“彼得被捕了。”

他不耐烦了，用目光反复打量我。

“你说的是哪个彼得？”

“高个子，像教堂里的助祭……”

“嗯？”

“没了。”

“什么彼得，助祭，和我有什么关系？”听他这样说，我就断定他确实不是铜匠铺里的工人。当我跑回贫民窟的时候乐坏了，我的第一次“地下”活动圆满完成了。

古里·普列特尼奥夫时常和一些进步人士来往，我曾请他介绍我到他们之中去，然而他总是说：

“老弟呀，你还年轻！应该好好读书学习……”

有一回，叶夫列伊诺夫介绍我与一个做秘密工作的人会面，这次会面计划得非常周密，气氛尤其沉重、紧张。

尼古拉带我到城外的阿尔斯科耶波列平原，一路上提醒我要小心，并要求我为这次会面保守秘密。之后，他指着从很远的地方缓慢走来的一个灰暗的小人影，扭头轻声对我说：

“就是他！跟着他走！等他停下来，你就走上前跟他说：‘我是新来的……’”

第三章

秘密的行动意味着新鲜、刺激，应该是一件非常有意思的事。然而这次却很乏味：头顶是毒辣辣的骄阳，一个人在草地上深一脚浅一脚地走，就这些，没其他。

我直跟到坟场才追上他，闹了半天才知道他也是个年轻人，脸型瘦削，两只眼炯炯有神，十分机警。他穿一件中学生的灰大衣，原来的银灰纽扣已丢了，又重钉了几枚黑纽扣，破学生帽上还能够看到帽徽痕迹。仔仔细细一看，便知他还是个孩子，可他偏要装成大人样。

我们找了一块有树荫儿的地方坐下来，他讲话单调乏味而冷漠，那神态我一点儿也不喜欢。他煞有介事严肃地问我读过哪些书，还希望我加入他创建的小组，我同意了，就这样我们的会面结束了。他小心翼翼地往前走了几步，四处东张西望，对空旷无人的野地进行了一番仔仔细细的观察。

这个小组还有三四个成员，我是其中年龄最小的。小组会在一个师范学院的大学生米罗夫斯基家进行，主要学习约翰·穆勒的著作和车尔尼雪夫斯基做的注解，这对我来说是一个陌生的领域。

这个大学生以后用叶烈翁斯基为笔名发表了一些短篇小说，写够五本后，就自杀了。这样的事已不足为奇了，我见惯不怪了。

他性格内向，沉默寡言，思想沉闷，讲话有条有理，住的是一间房子下面的地下室。他为了“劳逸结合”，每天都做点木工活儿。和他在一块没什么有意思的活动。

穆勒的书也没意思，没过多久我就发觉自己已知道他的经济学理论，并且印象极为深刻。这没什么难的，单凭我个人的生活经历就能够理解了。

我觉得，只要是那些曾为别人的幸福和快乐出过力的人都很清楚，根本没必要费尽心思用晦涩的词语将这些理论编成一本大厚书。我在这间充满鳔胶味儿的地下室里，一坐就是两三个小时，眼看着小虫子在污浊的墙上爬来爬去，真是一种煎熬。

有一次，老师迟到了。我们还认为他不来了，就跑出去买了一瓶伏特加和面包、黄瓜，盘算着开一个小酒宴，这时老师的灰裤腿从地下室的窗户处一闪，吓得我们匆忙把酒瓶隐藏到桌子底下，然后老师走进来讲车尔尼雪夫斯基的伟大论断。

我们安静地坐在那边，唯恐不小心把酒瓶碰倒了。唉，偏偏让老师踢个正着，我们吓坏了，个个面颊红红的，认为老师会大发雷霆，结局却是风平浪静。他那不动声色和有些冷漠的表情，看上去真让人难过，还不如狠狠地训斥我们一顿呢。

我很难过，尽管买酒不是我提出的，但对老师我总有种愧疚感。

他讲课很无趣，我人在这儿心早跑开到鞑靼区了，那儿的人们过着“清真”生活，他们善良又勤劳，讲一口不太标准的俄罗斯话。

天一黑，清真寺的塔尖上就有执事僧用特殊的声音召唤大家去做晚祷。我猜想着鞑靼人的生活肯定很幸福，肯定不会像我以前的生活那样不快乐。

一直以来我都非常向往伏尔加河上那种集体劳动的热闹场面，直到现在那种狂热依然让我痴迷。我对第一次感受到劳动激情的那一天还记忆犹新。

我们的任务是随码头搬运组卸货，那是一艘满载波斯货物的大拖船，它在喀山四周触礁，船底破了。

当时正是九月，狂风冷雨掀动着河水汹涌奔腾，搬运组一共五十多个人，大家阴郁着脸，披着草席或帆布蹲在甲板上，一艘小火轮拖着船向前走，小火轮喘着粗气，不断地喷出一团团的火星。

夜深了。喀山河上乌云密布，搬运工们叫闹不止，呼天喊地，骂自己的生活处境。他们在甲板上懒懒散散地躲来躲去，企图躲避风雨。看着他们无精打采的模样真是不像干活的，我看抢救一船快要沉没的货物的希望不大。

半夜，终于到了那艘船触礁的地方，大家把空驳船和出事的船甲板对甲板系在一块，这时搬运组长来了。他是个长得凶巴巴的老头儿，一脸麻子，生性狡诈，爱说下流话，长着一双鹰眼和一只鹰鼻。他摘下秃顶上湿透的帽子，用女人一般温柔的声音叫喊：

“伙计们！祷告吧！”

工人们在甲板上聚成一个黑团，像一群狗熊，他们狂叫起来。组长最先祷告完，又尖声叫道：

“喂！掌灯！伙计们，看你们的了！小伙子们多用点劲！上帝保佑我们，开始干吧！”

就这样刚才还是愁眉苦脸、懒懒散散、浑身湿透的人们一下子变得生龙活虎，他们像上战场一般，纵身跃到触礁船上，一面呐喊，一面狂叫，说着笑话干起活儿来。

我的前后左右有一袋袋大米、一包包葡萄干、一捆捆皮革在飘动，矮小的人影在来来回回地晃动，刚才还是抱怨声不断的人们，这会儿居然兴高采烈一心一意地投入战斗了。

雨越下越大，天更冷了，风更猛了，人们的衬衫被吹得卷起来，肚皮都露出来了。

潮湿的夜色中，六盏昏暗的灯笼发出暗淡的光，五十多个人影跳来跳去，踏得甲板嗵嗵嗵直响。他们卖命干活的模样，就像抡起四普特重的麻包飞跑着一般快乐。他们早就想领略领略了，用个恰当的比喻：他们干活儿就像孩子热爱游戏一般，他们那个幸福劲儿，看来除了和女人拥抱，再没什么事儿能够与此相提并论了。

一个满脸胡须的大个子，身穿哥萨克式紧身外衣，浑身湿透了，看上去他是货船的主人或代理人，他鼓励大家说：

"干得好，小伙子们！——我奖你们一桶酒，我的小土匪们！——两桶也行，加油干吧！"

夜色之中，从四周传来沙哑的叫声：

"来三桶吧！"

"三桶就三桶，好好干吧！"

劳动场面越发壮观了。

我跑去抱米袋，搬、抛、抱，重复着同样的动作，我感觉我们不是在劳动，而是在狂欢，似乎这些人能够永远这样不知疲倦。

欢欢喜喜地干下去，那劲头儿真像随时都能够抓起城里的钟楼或尖塔，整个喀山城也被握在手中，想搬哪儿就搬哪儿。

这天晚上，我体会到未曾有过的痛快，真想就这样一辈子疯疯癫癫、酣畅淋漓地劳动。

波涛汹涌澎湃，甲板上大雨点儿哗哗落着，狂风还在呼啸，黎明的薄雾之中，落汤鸡一般的搬运工们，不断地跑着、动着、笑着、叫着，展示自己的力气和劳动成果。这时一阵风吹开了浓厚的乌云，太阳粉红色的脸从蓝天的一角露了出来，这群快乐的疯子颤动着被雨水弄湿的胡须，一齐向着太阳大叫。我真想跑上去拥抱这群两条腿的动物，亲吻他们，他们干活时这么机灵敏捷，真让我赞叹不已！

没有什么能够阻止他们内心迸发出来的快乐的力量，这样神奇的力量能够创造奇迹，它能够实现神话故事里一夜之间布满华丽的宫殿和城市的幻想。

阳光吝啬地只照了一小会儿劳动的人群，就被浓厚的乌云遮住了，就像一个小孩掉进了大海，彻底被乌云吞没了。雨瓢泼一样下着。

“歇工吧！”不知谁喊了一声，立刻招来了许许多多愤怒的声音：

“谁敢歇！”

这场战斗一直持续到下午两点。在搬运货物的时候，这群半裸露的人们冒着狂风暴雨，不知疲倦拼命地劳动。我被他们身上爆发出来的强大力量震撼了。

等大家返回到小火轮上时，一个个就东倒西歪像醉鬼一般睡着了。小火轮一到码头，他们仿佛一道灰色泥流挤上了岸，飞奔向小酒馆喝那三桶伏特加去了。

在小酒馆我见到了巴什金。他向我走来问道：

“他们叫您做什么了？”

我按捺不住兴奋地告知他这次劳动的情况，谁知他听完露出一脸的鄙夷说：

“笨蛋！笨蛋都没你傻，你真是——白痴！”

他吹着口哨，像一条在水中游泳的鱼一般摇晃着身体，从一排排的酒桌间溜出去了。此时，搬运工们则坐在酒桌旁放荡畅饮起来。角落里一个人用男高音唱起了下流小曲。

哎哟，半夜三更时分
老爷的太太呀
上后花园
寻欢作乐，哎哟

这时有十几个人的声音混到其中，发出乱糟糟的吼叫声，同时他们用手在桌沿上拍打着节拍。

打更人巡视到此
看见呀，太太仰在地上……

一时间小酒馆里人声鼎沸，有放声大笑的，有吹口哨的，大家在一块瞎扯卑鄙的下流话。

我经人介绍认识了杂货铺老板安德烈·杰连科夫。他的小铺在一条偏僻狭窄的街道尽头，四周道路被垃圾通通占领。

他是一个患麻痹病的独臂人，面容和蔼而又善良，银灰色胡须，眼里透出精明。

他有全城最好的图书室，珍藏了许许多多禁书和珍贵版本书。喀山许许多多学校的大学生，包括那些抱有进步思想的人们，都到他这儿来借书。

安德烈的小杂货铺是一幢低矮的平房，靠近一个放高利贷的清教徒的住所。从店铺里进去，有一扇门通向一个大房间，这间房子光线不好，只靠一扇向天井开的窗户射入昏暗的光线。厨房和大房间相连，从厨房过去，在通向清教徒住所的昏暗走廊的拐弯处，“躲”着一间仓库。

是，对的！这就是那间秘密图书室。其中一些书籍是手抄的。例如拉夫罗夫的《历史性的书信》，车尔尼雪夫斯基的《怎么办》，皮萨列夫[①]的文论集《沙皇就是饥饿》《巧妙的圈套》，这些全是用钢笔抄写的。现在这些手抄本翻破了，书页的角也卷了。

我第一次来小杂货铺的时候，杰连科夫正在招待客人，他指着通向大房间的门向我暗示。

我进去一看：昏暗的房间角落里，跪着一个像萨洛夫修道院圣徒塞勒菲姆画像一般的小老头，他虔诚地祈祷着。看着他，我觉得不怎么舒服，也不协调。

听人们说杰连科夫是民粹派，我感觉民粹派应该是革命家，既是革命家就不应该再信上帝了。所以我觉得没有必要把这个祷告的小老头放在房间里。

他祷告完，很严肃很仔细地用手梳一梳白头发和胡须，非常煞有介事地看着我说：

“我是安德烈的父亲。你是谁呀？噢，原来是你，我还认为是乔装打扮了的大学生呢。”

“大学生肯定要化装吗？”我问他。

“是的！”小老头轻声说，“他们装扮得再好，上帝也会认出

① 皮萨列夫（1840—1868），俄国革命民主主义者。

他们的！”

他到厨房去了。我坐在窗户旁发呆，突然听到一声喊：

“噢，原来他是这样啊！”

厨房边上靠着一个白衣女孩儿，金黄色短发，脸色苍白，有点儿浮肿，两只漂亮的蓝眼睛，脸上带着笑容，她仿佛是街上廉价石印画上的小天使。

“您有这么吃惊吗？我的模样真的很恐怖吗？”她轻声地说，声音在细微地颤抖。

她很小心地慢慢靠近我，走路时用手紧紧扶着墙壁，似乎脚下的地板不够牢固，就像摇摆不定的绳子一般。她全身不断地颤抖，就像有万千支针扎进了她的脚掌，又像是墙壁上有火烫伤了她婴儿般肉嘟嘟的手，看她走路不太稳的模样更不像凡间的人了。她的手指直直的很僵硬。

我一声不吭地站在她面前，感到前所未有的狼狈和悲凉，这间昏暗房子里的一切看起来都怪怪的。

女孩儿坐到椅子上，还在颤抖，就像椅子会突然从她屁股底下抽出一般。她十分坦诚地告知我，她最近几天才开始活动，她手脚麻痹，躺在床上三个多月了。

“我得的是神经麻痹症。”她笑着对我说。

当时我很希望还有其他原因解释她的病症：神经麻痹！这样一个女孩儿，住在这个奇怪的房间里得了麻痹症，听起来简单得难以置信。这房子里的每一样东西都很小心地依偎着墙壁，屋角圣像前的小神灯十分明亮，神灯链子的黑影在饭桌的白桌布上不断地来回摇晃着。

“我听好多人提起你，一直很好奇你长什么模样。”她说话的声音像小孩子一般柔弱。

这个女孩儿大方地上下打量着我，让我非常不舒服，她那双蓝眼睛就像能够看穿一切。面对这样一个女孩儿，我不知道说些什么，也不知道怎样去说，所以只好一言不发地看着墙上挂的赫尔岑、达尔文、加里波得[①]等人的画像。

从小杂货铺闯进一个和我年龄相仿的小伙子，淡黄色头发，长着一双透出粗鲁的眼睛，立刻钻进了厨房，然后用嘶哑的声音大叫：

“你是怎么爬出来的，玛丽亚？”

“他是我弟弟，阿列克谢！”女孩儿和我说，“我一开始是在产科学校上学，后来病了……，为什么一言不发？您是不是不好意思？”

杰连科夫走了进来，那只残手插在胸前，另一只手抚摸着他妹妹柔软的头发，她的头发被揉得很凌乱，他向我发问要找什么事儿干。

不多久，又进来了一个红头发、身材匀称的女孩儿，她用那双有些碧色的眼睛上下打量了我一番，扶起白衣女孩，一面走一面说：

“玛丽亚！你坐了有段时间了。”

玛丽亚！白衣女孩儿怎么会起这样一个成熟的名字，真不协调，听起来都怪怪的。

① 加里波得（1807—1882），意大利资产阶级革命家。

第四章

我也从小杂货铺出来了，心里好难过，但这并不妨碍我第二天晚上又坐到那间怪房子里。我很想知道，他们怎样生活？我觉得这其中必有隐情。

小老头斯捷潘·伊凡诺维奇脸色苍白，他坐在屋角，面带笑容向四周东张西望，双唇微微张合，像是祈求：

“谁也不要来打搅我！”

他成天像只兔子一般忧心忡忡，总是害怕有什么横祸飞来。他的内心世界我看得很彻底。

残疾了的安德烈身穿一件灰色短衫，胸前的油污和其他物件硬得结成块了。他的模样跟一个刚刚做了错事被原谅了的淘气孩子一样，有些惭愧地笑着，在房间里横着膀子踱来踱去。

他弟弟阿列克谢在小杂货铺给他打下手，是个又懒又馋又愚蠢的小伙子。另一个弟弟伊凡在师范学校上学，平常住校，只有遇着节假日才回家。

伊凡个头矮小，打扮得挺精致，头发时常光光亮亮的，那模样倒像个衙门里的旧官吏。得病的妹妹玛丽亚住在阁楼上，她不怎么下来。她如果下来我就感觉浑身不舒服，像被什么捆绑住一般难过。

杰连科夫的家务事由和清教徒房东同居的女人打点，她又高又瘦，脸像木偶，长着一双修女特有的冷漠眼睛。

她的红头发女儿叫娜斯佳，她时常到这儿来转悠，每次她盯住一个男人时，尖鼻子的鼻孔就会习惯性地翕动。

要说杰连科夫家的真正主人还是喀山大学、神学院等各院校的大学生们，他们都把这儿作为聚会的地方。

这群人不管何时都为国家为人民担心，每当有什么新消息，报纸上的一篇文章、书本里的某些观点、城里或大学里发生了不幸事等，他们就从喀山城的各个角落蜂拥而至，挤到杰连科夫家的小杂货铺，愤慨激昂地狂热争论，有的聚在一块大声辩论，有的躲到屋角窃窃私语。一般情况下是他们拿来一本大厚书，然后手指头指到某一页上，互不相让，各自说着自己所要表达的观点。

我不清楚他们在争论什么，不过我倒认为真理已被他们连篇的空话冲淡了，就像穷人家菜汤里的油星一般很少了。

我甚至觉得有几个大学生，跟伏尔加河沿岸反对正教的分裂派教徒里那些死啃圣经的老家伙们一般迂腐。

当然，我很知道大学生们的初衷。他们希望生活更美好，就算真理被他们空洞的评说淡化了，但毕竟没有全部淹没。他们希望改变旧况，我也理解，我也有类似的想法。

听他们讲话，时常能够听到我想说但没说的话。接触到这些人，我的心中不禁兴奋，就像是即将被开禁的犯人。

在他们眼里，我是木匠手中的一块好料子，他们很希望用它打制出一件不寻常的木工活儿来。

“这是天才！”他们彼此见面时总这样推销我，还带着一股明显的骄傲自豪之气，就像街上满地跑的孩子居然捡到了一枚五戈比硬币，然后不由自主地向别人炫耀。我不爱被人们称做什么“天才”“骄子”之类的，我是被人遗弃的孤儿倒是不争的事实。事实上，那些指导我学习的大学生会让我感到憋气。

有一回，我在书店的橱窗里看见了一本题为《格言与箴言》的书，我读不明白书名的意思，但我很想看这本书，就向一个神学院的大学生去借。

“您瞧瞧，老弟！你这不是瞎扯吗？让你看什么就看什么，别添乱了！”这个长得很像黑种人、卷发、厚唇、白牙齿的未来的大主教先生讥讽地对我说。

他鲁莽的训教伤害了我。那以后，我依然把书弄到手了。这钱，有些是我在码头做工挣的，有些是从杰连科夫那儿借的。这是我买的第一本像样的书，我很爱惜，至今依然保存着。

总的来说，大学生们对我要求非常严格。有一次我读《社会科学入门》，我认为作者一是过分夸大了游牧民族对人们文化生活的影响，二是忽略了善于创造的流浪人和猎人的功劳。

我把我的想法告知了一个从事语言学研究的大学生，听了我的疑惑，他那张充满女性美的脸立刻庄重严肃了起来，跟我讲起了“批评权力”问题，啰啰唆唆足足有一个小时。

“你一定要先信仰一种真理，才能够去批评，才有批评的权力，那么你又信仰什么呢？”他向我发问。

这是个在街上走路都捧着书读的大学生，他时常由于把书放在脸上而和别人撞到一块。他患麻疹伤寒病时躺在床上都在不断地说：

“道德一定是自由部分与强制部分的统一，统一……”

这位文弱书生，由于长期忍饥挨饿落得一副病恹恹的模样，再加上他拼命苦读寻求真理，使他看上去越发羸弱了。

读书是他的唯一爱好，除此之外毫无兴趣。当他觉得内心的两个矛盾达到协调统一时，那双温和的黑眼就会像孩子般发出兴奋的光芒。我还记得离开喀山十年后，在哈尔科夫城见过他，他当时在凯姆流放五年后又返校学习了。

他一生都在不可调和的矛盾之中，就是到了他快被肺结核折磨死的时候，他还在调和尼采主义[①]和马克思主义呢。我印象最深的一次是他用冰冷的手指握住我的手，他在咯血，嗓子里呼噜呼噜地说：

“矛盾不统一，就活不下去了！”

再以后，他死在去上学的电车车厢里了。

我曾见过许许多多这样为真理牺牲的人，每当想起他们来，一股敬意就从心中油然而生。

时常来小杂货铺聚会的估计有二十个人，他们之中还包括神学院学生，有一个叫作佐藤·潘捷雷蒙，是日本人。

还有一个大个子偶尔也来，他很忧郁。宽阔的胸膛，厚密的络腮胡子，鞑靼式光头，身着一件哥萨克短大衣，扣子扣到嘴巴下。

他总是沉默寡言，独自坐在角落里，叼个烟斗，两只沉稳的灰眼睛不断地盯着大家看。看得出来，他很注意我，目光不时地落在我身上。不知什么原因，他这样一看，我心里就直发虚，有点胆怯。

在你一言我一语的大房间里，只有他缄默不语，这激起了我的好奇心。人们都在高谈阔论，率直大胆地说着自己的见解，他们争论得越热烈，我越开心，我没有意识到他们这样唇枪舌剑的

---

① 尼采（1844—1900），德国反动唯心主义哲学家，崇拜个人主义。

辩论之中隐藏着见不得人的虚伪主义，我听了很久也没觉察到。这个大络腮胡须心里在琢磨什么呢？

大家都叫他“霍霍尔”，这里除了安德烈再没人清楚他的真名是什么。过了不久我听说他是个流放犯，在雅库特省流放十年，刚刚回来不久。

想理解他的欲望越发强烈了，但这还不能让我有勇气走上前和他认识交流。我不害羞，也不怕见陌生人，我这人从来都是被好奇心左右着，我渴望探求一切未知的问题，正是这个坏习惯使我一生也没有认认真真地钻研过什么。

我听他们谈到了人民，我也纳闷自己的观点怎么和他们的截然不同呢？

他们的观点是：人民是真、善、美的化身，是一个神圣的群体，是高尚品德的起源地。我怎么从来没见过这样的人民呢？我见的有木匠、装卸工、水泥匠，我还见过雅科夫、奥西甫、格里戈里。

我说的是现实之中真实存在的人，而他们说的是抽象的人的整体。他们把人民看得高尚，并且乐意把人民的意志作为自己的意志。然而我认为真正的美德的拥有者是他们，在他们身上才真正体现着博爱、自由的美好品德。

这种博爱精神是我过去所没有见到过的，但是现在，他们的每一句话，甚至每一个眼神里都传递着博爱的光辉。

这段时间，我的思想发生了巨大变化，人民伟大、神圣的理论像春雨般滋润着我的心田，那些描写农村朴素生活的现实主义文学作品给了我新的启发。

我认为只有对人类充满了最炽热的爱，才会激发出人追求生活价值的力量，从那以后我再不是只考虑自己，而是开始为别人着想了。

听安德烈说，他开杂货铺赚的钱，都用来资助这些有“人民利益是最高利益”思想的人们了。他跟一个虔诚的助祭侍奉大主教做弥撒一般，在这些人群中来回转悠，不时地为他们的聪明机智而兴高采烈。他时常忘我地面带笑容地将残手插入怀中，另一只手捋一捋软软的胡须对我说：

“您听，多么好啊！”

这群人之中有一个叫拉夫罗夫的兽医，他的声音跟鹦鹉叫一般。他独树一帜地发表与大学生们背道而驰的言论，每当这时候，杰连科夫就不满地把双眼往下一垂，嘀嘀咕咕道：

“瞎捣乱！”

安德烈和我一样看好这些大学生，然而大学生对待他却像老爷使唤奴仆或酒店的小二一般没有礼貌，他并没有感受到这一点。客人们慢慢散去，他时常留宿我，我们以地为席铺一块毛毯睡在上面。

夜里，在神像前那盏光亮的灯下，我们畅所欲言、滔滔不绝。他带着教徒所特有的虔诚与愉悦告诉我：

“以后能培养出百八十号他们这类出类拔萃的人才，占据国家的各个重要位置，世界会大变样的！”

安德烈长我十来岁，看得出来他对红发姑娘娜斯佳有意思，在人前他故意对她满不在乎，甚至和她说话冷言冷语，爱慕的眼光倒是每时每刻追随着她的身影。当只剩下他俩在一块时，他就乖乖听话，唯命是从，露出恳求谅解的笑容，一只手还不忘记捋着稀软的胡须。

他的妹妹玛丽亚老是站在角落里听人们辩论。她听得极其仔细，神情严肃，脸绷得紧紧的，大眼瞪着，辩论到高潮时，她会发出一声尖锐的喊声，仿佛有人把冷水浇到了她的脖子里。时常有一个长着红发的医学院的大学生在她身旁转来转去，他故弄玄虚地伏在她耳边悄声说话，并挤弄一下眉头，看上去挺有意思的。

第五章

秋天来了，我一定得找一个固定“职业”了。我沉迷于眼前所发生的新鲜事，干的活儿越来越少，差不多是靠别人养活，这样的面包吃起来是困难的。我为自己找了一个差事——到瓦西里·谢苗诺夫面包坊打工。

这段时期的生活是艰辛的，也是很有价值的，在我以后写的短篇小说《老板》《科诺瓦洛夫》《二十六个和一个》等之中，曾经描绘过这段生活。

肉体的痛苦是肤浅的，只有精神的痛苦才是真正的痛苦。

自从进了那家面包作坊的地下室后，我就和过去每天都见面聊天的人失去联系了，似乎我和他们之间竖起了一道高墙。没人来看我，我也由于每天十四个小时的工作，没有空闲到安德烈那儿去。遇到假日我就睡觉或是和作坊里的工人们闹着玩。

起初，有些同伴就把我当作开心丸，还有一个跟小孩儿一般，就爱听有意思的故事。谁知道我竟给他们瞎扯了些什么呀，总而言之，效果不错，居然引起他们对某种不很明确但轻松、美好生活的憧憬。

许许多多的时候，我的故事很出色，他们或悲或怨或恨的情绪暴露无遗，我也为自个儿开心，自豪地认为我在做群众的思想工作，我在教育人民呢。

有时候我也会感到无能为力，我觉得自己这么弱小，这么愚笨，有时连基本的生活常识都不清楚。每当这个时候，我就感觉自己似乎被遗弃在一个暗无天日的地洞里，地洞里的人跟大虫子一般蠕动，他们不敢正视现实，成天钻酒馆逛妓院，到妓女冰冷的怀抱之中寻求慰藉。

每月月底领工资时，他们必去逛妓院，在这个美妙日子到来的头一个星期里，他们就开始胡思乱想了。等嫖宿回来，他们要过很久才会从那份甜蜜之中醒来。他们不知羞耻地炫耀自个儿的床上功夫，以及怎样地蹂躏妓女。谈到妓女，他们一脸的轻视，甚至吐唾沫以示“清高”。

不知为何，当我听到他们这样谈论时，心中很是难过。我就像是看到了烟花柳巷里一个卢布一晚上的妓女，我的同伴们迫不及待的丑陋姿态，尽管可耻，但还能够理解，然而其中一些人的肆无忌惮、好色放纵，着实令人发指。当然，这里并不排除他们故意炫耀以满足自己的虚荣心。

对于性，我有些害怕又感到好奇，所以就对这样的事无比敏感，我还没有品尝过女人的滋味儿，为此我感到不开心。不管是妓女还是同伴都不止一次地嘲笑我。没多久，他们再去逛妓院，就不带我了，他们直接就说：

“老弟！你就别去了！”

“干吗不让我去？”

“和你在一块儿不舒服！”

我记住了这句话，认为肯定话中有话，可我也搞不清楚。

“你瞧瞧你！跟你说别去了！你去让人扫兴……”

只有阿尔及姆带着冷笑直言地说：

“你像个神父，又像个不通情理的老爸！”

开始妓女们还笑话我放不开手脚，以后就气愤了：

“你是不是嫌弃我们呀？”

那个漂亮丰满的四十岁的波兰“姑娘”捷列扎·博鲁塔，是这里的“妈妈”，她用家狗一般温柔的眼神望了我一下，说：

“我说姑娘们，别逗他了！他肯定是有情人了，是不是？这样健壮的小伙子，肯定给情人迷住了，我保证！”

她是个酒鬼，喝醉了就丑态百出，酒醒时则判若两人，她稳重、冷静、体贴人的性格让我敬佩。

“最奇怪的就是那些神学院的大学生了，”她说，“他们真会折腾人。先让姑娘在地板上打肥皂，再把裸露的姑娘的手脚向下放在四个瓷盘上，然后对着姑娘的屁股用力一推，瞧瞧她在地板上滑行一段距离。一个完了，再推下一个，你们说，这叫什么事呀？”

“瞎扯！”我说。

“哟，我干吗骗你呀！”她叫道，依然平心静气地说，但平和之中透着一种想使我信服的语气。

“这是你们自己胡编乱造的！”

“一个姑娘怎么可能编这样的事呢？我岂不是疯了？”她眼睛惊恐地瞪起来了。

大家仔细地听着我们的争论，捷列扎接着用冷静平淡的话语讲述着嫖客们的古怪行为，她不知道嫖客们为什么要这样做。

在场的人们都反感地往地上吐唾沫，他们骂着粗话。我认为捷列扎是故意诋毁我喜爱的大学生，就对他们解释大学生是热爱人民，希望人民生活幸福的。

“你说的是沃斯克列先斯卡娅街上那所学校的学生，我说的是从城外阿尔斯科耶波列神学院来的大学生！他们是从教会里出来的，都是孤儿。孤儿们长大了肯定是小偷、流氓、坏人！他们无情无义！”

对于“妈妈”所讲述的故事和妓女们对大学生、有身份有地位的上层人物所说的抱怨话，我的同伴们的反应不仅仅是反感和气愤，还看起来很自豪，他们发觉：

“这样说，那些受过教育的人还不如我们呢！”

从他们口中听到这样的话，我感到心里难过极了。我望着他们，感觉这些人就像城市的灰尘，本应到垃圾堆里去的，现在却到了这间暗淡的小房间里，在这里乱七八糟地胡乱搅和，又带着满肚子的怨恨，散播到喀山的各个角落。

由于情欲和生活的苦闷使他们从四面八方躲到这个乌烟瘴气的洞穴里，十分荒唐地唱着动人的情歌，谈论受过教育的人们的逸闻趣事，这是他们的一贯作风：讥讽、嘲笑、敌视他们没有办法理解的东西。

我甚至认为这“烟花柳巷”就是一所大学，不一样的是我的同伴们从这所大学里学到的都是丑陋的知识。

可怜的卖唱的姑娘们，在沾满灰尘的地板上来回走动，一个个像霜打了一般，拖着脚走路。在手风琴的哀音和一架破钢琴无可奈何的颤音里，摇摆着纤柔的腰肢。

望着眼前的一切，我的心里涌起一阵说不清道不明的忧思，四周的一切都是如此不尽如人意。“我要赶紧离开这儿！”我的心情糟糕透了。

在面包坊里，一旦我说有人毫不为己地为他人寻求自由与快乐时，就会有人说：

“但姑娘们并不这样认为！”

然后他们开始对我进行猛烈抨击。我当时很自信，我觉得自己像一条不听话的小狗，但比大狗还要聪明和勇敢，因此我对他们不留任何情面，甚至大发雷霆。

我意识到思考生活和实际生活同样不是易事。我有时会对同伴们的麻木忍受感到气愤，我真不知道他们为什么会心甘情愿忍受酒鬼老板的侮辱，他们的驯服和永远都逆来顺受的忍耐精神激起了我对他们的不满。

我正处于精神饱受折磨的时期，就在这时，命运发生了转机，我又接触到一种新的思想，尽管它是和我格格不入的，但它依旧触动了我的心灵深处。

一个风雪之夜，大风呼啸，像是要把天空扯碎一般，大地被厚厚的积雪遮盖着，就像世界末日已来临，太阳自此一落不起了。

那会儿正是忏悔节之夜，我从杰连科夫那儿出来返回面包坊，我眯着眼，顶着风雪前行，突然我的脚下被什么一绊，正跌倒在一个横躺在路上的人身上，我们彼此辱骂着，我骂俄国话，他骂法文：

“呀！魔鬼……”

很好奇，我将他搀扶起来，他个子矮小，比较瘦弱。他立刻推开我，吼道：

“我的帽子！把帽子给我！我快冻死了！”

我帮他找到帽子，抖了抖雪给他戴在头上，而他的头发因愤怒而倒竖起来，可他把帽子摘下来摇晃着，用俄、法两国话骂我：

“滚！滚！”

然后突然向前狂奔，在雪夜中，消失得无影无踪了。走着走着，我鬼使神差地一回头，看见他站在电线杆子旁，双手抱着没有路灯的电线杆子，并不断地叫喊道：

“列娜！我快死了！……唉，我的列娜……”

看模样，他喝醉了，如果我就这样走了，他会冻死街头的，就这样我走过去问他住在什么地方。

“这儿是哪条街呀？”他带着哭腔说，“我也不清楚往哪儿走！”

我拽住他的腰，一面拖着他向前走，一面不断地打听他的住址。

“在布拉克区……那儿有好几个浴池……就是家了……”他用冻得颤抖的声音说。

他摇摇晃晃地向前走，弄得我走路很费力，我听到他的上下牙齿打架的声音。

“如果你知道。”他一面推挤着我，一面嘀嘀咕咕道。

“什么？”

他停下来，举起一只手，吐字清晰甚至带点得意的口吻说：

“如果你知道，我要带你去什么地儿……”

他把手指头含在嘴里，身子左右摇摆不止。我伏下身，背着他走，他把下巴抵在我的脑袋上不断地抱怨：

“如果你知道……我快冻死了！哎呀，我的上帝呀……”

在布拉克区找了半天才算搞清楚他住哪儿。我们终于爬到一个小房门前，它差不多被院内的积雪淹没了。我们在黑暗之中摸索前行，到了房门口，轻轻地敲一下门，他对我低声呵斥道：

“嘘！小点声……”

一个身着拖地红衣的女人开了门，手中持着烛台，让我们进屋后，她静静地走到一边去，也不知从哪儿找出一副长柄眼镜，开始对我上上下下仔仔细细地打量。

我向她解释，这个人的双手已冻僵了，应给他脱掉衣裳，上床睡觉。

“是吗？”她说话像小女孩声音那般清脆。

“得把他的手放在凉水里……”

她似乎没听明白我在说什么，仅仅用眼镜向屋角的画架指了指，那儿有一幅风景画，上面画着树木，还有一条小河。

我茫然地看了看那女人面无表情的脸，她居然转身走向桌子旁坐下，桌子上点着一盏粉红色灯罩的台灯，她若无其事地把玩着一张“红桃J”纸牌。

“您家有伏特加吗？”我高声问道。她依旧无动于衷，接着玩儿她的纸牌。我费尽体力背回来的男人坐在椅子上，耷拉着脑袋，冻得红红的的双手垂在身旁。

我不清楚是什么力量促使我把他抱到躺椅上，给他脱掉衣服。躺椅后面的墙上挂着许许多多照片，其中有一个系白丝绸的花圈，在白丝绸上赫然写着：

“献给举世无双的吉尔塔”

“该死的，你轻点！”我给他搓手时，他疼痛地吼着。

那个让人捉摸不透的女人手中还在玩弄纸牌，似乎心事重重。她有一只像鸟嘴一般尖的鼻子和一双大眼睛。她终于举起少女般的双手，抚摸自己如假发般蓬松浓密的灰头发，发出少女般的声音：

“乔治！你找到米沙了吗？”

这个被称作乔治的男人推开我，立刻坐起来答道：

“他不是去基辅了吗？……”

“是的，他去基辅了。”她又复述了一遍，眼睛始终盯着纸牌。我感觉她说话直截了当得近乎冷漠无情。

“他快要回来了……”

“真的吗？”

“当然，是真的！”

“真的吗？”她又问道。

几乎裸露的乔治跳下躺椅，跪在女人脚前说了几句法语。

“我不介意这个。”她用俄语答道。

“您知道吗？我在这狂风和冰天雪地之中迷了路，我几乎被冻死。”乔治局促并忐忑不安地对女人说，一面还轻轻地揉着女人的手。乔治看上去大约四十岁，黑胡须、红色双唇的脸上一副恭敬的表情，他用手用劲地抓着马鬃一般的灰发，此时他吐字已很清楚了。

“明天我们去基辅。”那女人像是问话，又像是下决心似的宣布。

“好吧，那就明天去！但是现在该休息了，你赶紧上床睡觉吧，夜已很深了……”

“今晚米沙不回来吗？”

“不会的！这样大的风雪……走，我们去睡吧……”

他手持灯盏扶着女人进了书橱后的小门，留下我一个人在外屋待了很久，内心平静地听着乔治嘶哑的低语。

第六章

暴风雪像是长了毛爪子，不断地抓着玻璃窗，地板上化了的雪水羞涩地反射出烛焰的光辉。

房间里摆满了家具，暖融融的，让人心里觉得很惬意。

乔治终于摇摇晃晃地走了出来，手中的台灯罩撞击着灯泡。

“她睡了。”

他把灯放回原处，站在屋子中央低头沉思着，也不瞧我，说道：

“说什么才好呢，今晚要是没你，我早就冻死了，感谢你！你是做什么的？”

他把头一侧，倾听着里屋里细微的动静，身体不断地颤抖着。

“她是您太太？”我轻声问道。

“是太太，是我生命中的一切！”他望着地板，声音虽很小但非常清晰，并开始用手狠抓头发。

“对了，你想来杯茶吗？”

他慢慢地走向门口，又突然停住了脚步，他想起来女佣人由于鱼中毒住院了。

我说我自己来烧茶炊，他表示同意。他肯定是忘了自己差不多裸露着身子，只顾光着脚啪嗒啪嗒在地板上走，他把我带到一间极小的厨房里，背对着炉火说道：

“要不是你，我估计自己早死了！太感谢你了！”

猛地他浑身颤抖了一下，害怕地瞪大双眼。

“如果我死了，她怎么办？上帝啊……”

他看着漆黑的卧室门口，赶紧压低声音说：

“她生病了，她有个儿子是音乐家，后来在莫斯科自杀了，她还在盼望着他回来，已两年了……”

我们一块喝茶时，他毫无逻辑地讲了许许多多我不太清楚的话。他告知我这个女人以前是地主，他是历史老师，给女人的儿子当家教，以后和这女人在一块了。女人离开了自己的丈夫（德国人，是个男爵），到歌剧院谋生。尽管她的丈夫用尽各种法子挽回她，但根本不起任何作用，他们始终过着愉悦的同居生活。

他眯着眼一直瞅着厨房里的某个角落的什么东西和火炉旁破破烂烂的地板。他端起杯喝了一口热茶，烫得他眉头一皱，直眨眼睛。

“你是做什么的？”他向我发问，“噢，烤面包的工人。怎么看起来不大像？为什么？”

他明显有点不知所措，像只入网的小鸟一般惶恐地望着我。

我大概地讲述了我的过去。

“噢！是这样！”他轻声叫着，“是这样……”

不知为什么，他突然看起来很是兴奋，他向我发问：

“你听过丑小鸭的故事吗？肯定读过吧！”

他的脸变得扭曲，嗓子里发出的刺耳的尖叫声气愤地说道：

“多么动人的故事！我像你这样大时也做过梦，我会不会变成一只白天鹅呢？你瞧瞧我吧……我应该去神学院，却上了大学。

“我父亲是神父，所以和我断绝了父子关系。我在巴黎学习人类的悲剧史——进化论。是啊，我也发表了文章。但是，这到底是怎么一回事……”

他猛然跳起，又坐到椅子上，仔细地听房间里的动静：

“进化，多么好听的字眼！这是人们发明出来专门欺骗自己的！人类现在的生活没有任何的价值，是不合情理的。假使没有奴隶制，就不会有所谓的进化。没有少数统治者，社会就不会进步。

“我们越是想改善生活状态，减轻劳动强度，就越会使生活艰难无比，劳动也越发繁重。造工厂、机器，然后再造机器，还有什么比这更愚蠢的呢？工人越来越多，生产粮食的农民越来越少，而我们需要的就是通过劳动向自然界获取粮食，我们应该做的也只有这些。

“希望越小，幸福越大；希望越多，自由越少。”

他当时也许是口无遮拦，但他确实是这样说的，他的思想是多么匪夷所思！我还是头一回听说这样奇怪的谈论。他又发神经了，亢奋地尖叫一声，又立刻安静下来望一下卧室的门，静静地听了一会儿，然后愤愤地轻声絮叨着：

“人是非常容易满足的，我们想要的不多：一块面包和一个女人而已……”

他用一种奇怪的腔调，和我从未听说过的语言及诗句说起了女人，他的神态就像小偷巴什金。

看得出来他对爱情很是信仰，从他的嘴里一连吐出一串我从来没听过的名字：贝亚德[①]、菲娅米塔、劳拉、妮农……他向我讲述了诗人甚至国王和上述美女们的爱情故事，吟诵了几段法国抒情

① 贝亚德是13世纪意大利大诗人但丁所钟情的女人。

诗，吟诵过程中还不忘用他纤美、裸露的手臂打着拍子。

"爱情和饥饿统治着世界，"听完他的话，我突然记起这句激昂的话在一本革命小册子《沙皇就是饥饿》的标题下出现过，所以我越发觉得他的话意味深长。

"人类追求的是忘记和享乐，而不是知识！"

我被他的观点震撼了。

早晨六点过几分，我从乔治家出来，一面跋涉在风雪晨雾之中，一面回忆起昨晚的巧遇。乔治的思想震撼了我，他的话如骨鲠在喉，让我感到窒息般的难过。我不想回面包坊，也不想见任何人，就任凭自己徘徊在鞑靼区的街道上，直逛到天放晴，满天的风雪中依稀可见人们身影的时候。

从那以后我再没见过乔治，也不想再见到他了。以后的日子里我不止一次地听其他人说出同样的观点，他们中各种身份均有：大字不识的游方僧、四海为家的流浪儿、托尔斯泰主义者以及像这样受过高等教育的人、教堂教职人员、造炸药的科学家，主张新生理论的生物学家等，然而，当我再次听到类似的观点时已不像第一次那样觉得没有办法理解了。

就在两年前，也就是在我第一次听说乔治观点的三十多年后，我从一个熟悉的老工人嘴里听到了几乎是同样的想法，甚至表达的语言都是如此类似。

那是我和老工人偶尔的一次交流，他自嘲为政治老油条，并以俄国人特有的坦诚对我说：

"亲爱的阿列克谢·马克西莫维奇，我能够告知你我想要什么，研究院、飞机、科学这些我一点儿兴趣都没有，我需要的是一间僻静的房子和一个女人，我能够开心时就亲吻她，她的心灵和肉体都属于我，这就足够了！

“您和我们不一样，您爱用知识分子的思维方式思考问题，您看诗论和思想胜过一切，我甚至觉得您是否像犹太人一般：活着就是为了礼拜六？”

“犹太人不是这样的……”

“上帝才知道他们怎么想的，这个奇怪的民族！”他一面说一面把烟蒂丢下河，直至目送它落进水里。

在这个明月皎洁的秋夜，我们坐在涅瓦河畔的花岗岩石凳上，专心致志地思考着怎样做些有价值的事情，但是最终一无所获，再加上一整个白天的紧张工作，现在已是身心俱疲了。

“我们人在一块，心却不一样，您和我们不是一路人，这就是我要说的，”他一面考虑一面接着说，“知识分子们都是不安分守己的，他们就爱组织党团员瞎闹腾，像耶稣一般，为了使大家都上得了天堂，他就开始捣乱。这些知识分子也都是打着乌托邦的旗号乱折腾的。只要有一个疯狂的幻想家闹腾起来，那群流氓无赖等乌合之众就一哄而起站到一块儿。

“这些人对政府有意见，由于他们知道生活中没有他们的地位。

“至于工人暴动那是为了革命，他们要争取生产工具和生产产品的合理分配权。假使他们夺取了政权，您觉得他们会建立新国家吗？不可能！到那会儿，人们都各自奔走，各顾各的，找个安全地方待着……

“您说机器？机器有什么好的，它只会把我们脖子上的绳索勒得越来越紧，把我们的手脚束缚得越来越紧。我们压根就不需要机器，我们要的是降低劳动强度，踏踏实实地过上好日子，但工厂和科学不会让人休息。

“我们的要求再简单不过了，假使我只需要一间小房，又何必劳民伤财建一座大城市呢？大家蜂拥到城市里，拥挤不堪，水泄不通，还有自来水、下水道、电气等一堆麻烦事。

“您想想看，如果没有它们，生活将是多么轻松！嗯！我们这儿许许多多事情根本没必要，全部是知识分子们瞎折腾出来的。所以我说知识分子就是害群之马。”

听完这席话，我的心里很难过。我敢肯定，世界上再没有哪个国家的人敢像俄国人这样全盘否定生存意义了。

老工人轻轻一笑，然后说：“俄国人的思想是绝对自由的，但是请您不要因此不开心，我的想法是正确的。千千万万的人们都是如此想的，只不过他们不善表达，生活只有简简单单，才最舒服最安心……”

我很知道这个人的思想发展史，他既不是“托尔斯泰主义者”，也没有无政府主义倾向。

谈完话后我不由自主地想道：莫不是千百万的俄国人民千辛万苦地参加革命，就是为了减轻劳动，追求安乐吗？以最小的代价，获得最大的享受，这话听上去和各种空想主义及乌托邦传说一般美好，充满了引诱力。

我想起了易卜生[①]的一首诗：

我是保守派吗？噢，不

我还是原来的我，没有一丝改变

---

①易卜生（1828—1906），挪威戏剧家和诗人。

我不愿做一个个棋子被摆弄
我要把棋盘掀翻
曾经有过一次彻底的革命
它是世上最明智的革命
就是世纪初那场洪水
大洪水真该把一切冲毁
但是，魔鬼又一次上当受骗
诺亚再一次变成了大独裁
噢！如果革命是真实的
我能够助您一臂之力
您快去掀起冲毁一切的洪水
我心甘情愿在方舟下按水雷

杰连科夫的小杂货铺有些不太景气，收入太少，然而需要资助的人太多。

“得想点法子了。”安德烈忧虑地捋着胡须说，他自责地笑笑，又长叹一口气。

杰连科夫太折腾自己了，他把自己判了无期徒刑，永远地给人们做苦工，即便他心甘情愿这样做，也没有办法避免痛苦的侵袭。

我曾经多次换着说法地问他：

“您到底为了什么要这样做呢？”

他并没理解我问话的意图，每次都是匆匆忙忙地回答：“为什么？”他使用毫无气氛的干巴巴的难以明白的生涩辞藻，诉说着人民生活在苦难之中，一定要让他们接受教育、获取知识等原因。

“你是说人们在渴望和追求知识吗？”

“当然是了！难道你不是也这样想吗？”

是的，这也是我的希望，可乔治的话此刻又在我耳边响起：

“人类追求的是遗忘和享乐，而不是知识！”

这样的思想对于一个十七岁的年轻人是非常不利的，年轻人听了这话会难过，也有害无益。

我有这样一种感觉：人们为了逃避现实的苦难，很乐意听奇闻逸事。并且故事越惊奇古怪，大家就越爱听，他们认为那些充满奇异情节的书才是最好的。我像在雾中行走一般，真有点不知所措了。

杰连科夫经过周密计划，决心开一个小面包坊，初步计算一卢布能够产出三十五戈比的利息。我被托付重任——担任面包师助手，并以“亲信”的身份，监视面包坊里可能发生的偷盗事件：偷面粉、鸡蛋、牛油和面包。

我呢，也从肮脏的大地下室搬到了这个虽小但整洁的地下室了，还负责店里的清洁，耳根儿顿时清静了许多，原来四十个人的大作坊，现在却只剩下一人。

他两鬓斑白，肤色蜡黄，长着一撮小胡须，有一双忧郁深沉的眼，嘴巴小得像鱼嘴一般，丰厚的唇总是嘟着，就像要和人接吻一般。但他的眼神中却透露出一种轻视的神情。

他并不异于常人，自然也偷东西，就在头一天晚上，他就急不可待地大显身手了。他轻悄悄地把十个鸡蛋、三斤面、一大块牛油放到了一块。

“这些是用来干什么的？”

“留给一个小姑娘的，”他冷静地回答我，然后耸了一下鼻子又添了一句，“一个很不错的姑娘！”

我试图向他暗示，偷人家东西是在犯罪。但看来我的努力是白费了，可能是我口太拙，也许是我自己都不相信自己，又怎么能把别人说服呢？

面包师躺在装面的柜子上，透过窗户望着天上的星星，莫名其妙地咕哝着：

“他还想训斥我！第一次见面就教训人！我都有他三倍大了，真是太荒唐了……”

他收回眼光望着我说：

“我似乎在什么地方见过你，你过去在哪儿干？是谢苗诺夫家吗？要不就是闹暴动那家，对不对？要么，看来我们就是梦中见过了……”

几天后我发觉这个人有一个喜好：睡觉，且相当能睡，不分场所不分姿势，甚至站着烧面包时也能睡着。他睡着时的表情很是好笑，眉毛微挑，一副讥讽人的丑态，他爱讲发财梦的故事。他自信地说：

“我算看透了这个世界，它像一张巨大的馅饼，里面装满了财宝，一罐罐的钱，一箱箱的值钱东西。我还梦到我曾去过的地方，有一次梦见了浴池，浴池的墙角下面埋着一箱金银器皿。醒过来之后，我信以为真地连夜去挖，挖了一尺[1]半，挖出了煤渣和狗骨头！你瞧瞧，我居然挖出了这些破玩意儿！……这时哗啦一声响，

① 指俄尺，一俄尺合 0.711 米。

窗玻璃撞碎了，然后传来一声女人的尖叫：‘来人啊，抓贼呀！’还好我逃得快，不然非得挨一顿暴打。真是丢死人了！”

“真是丢死人了”差不多成了伊凡·科兹米奇·卢托宁的口头禅，他说这话时面无表情，仅轻轻地眨巴眨巴眼，耸耸鼻子就了事。

他的梦是日有所思，而夜有所梦，因此和现实生活一般的枯燥、单调、乏味。我真搞不明白他怎么会这么津津乐道于讲梦，而现实生活中的真人真事，他却视若无睹，漠不关心。

第七章

一件轰动性新闻：茶商之女因不满婚姻，出嫁当天即开枪自尽。几千名青年为她送葬。大学生们在她坟前发表演说，政府还为此出动警察驱散了他们。这时我们面包坊隔壁的房间里，大家正为这个悲剧事件议论个不断呢。小铺后面的大房间里挤满了大学生，他们愤怒的叫喊声和狂热的辩论声，在我们地下室都能听到。

“我看这个姑娘是小时候缺乏教养！”卢托宁发表了他的看法，接着又说起了他心爱的梦：

“我就像是在池子里捉鲫鱼，突然一个警察大喊：‘站住！您好大的胆子！’我走投无路，一着急就往水里扎，然后吓醒了……”

卢托宁一般很少关心四周的现实生活，就算这样，没过多久他还是感觉到了小杂货铺的不一般。小店里的服务员是两个爱读书但很外行的姑娘，一个是老板的妹妹，一个是老板妹妹的好朋友，高高的个子，粉红色的脸颊，有一双温柔漂亮的眼睛。大学生们常光顾这家店铺，他们每到小铺后面的大房子里就毫无休止地争论，或高谈阔论，或窃窃私语，一坐就是小半天。真正的店老板不怎么管事，而我却张罗一切，仿佛店老板一般。

“你是老板的亲戚吧？”卢托宁向我发问，“或者就是想招你为妹夫，对不对？太好笑了！那帮大学生干吗老来这儿闹腾？看姑娘？嗯，也许可能……但那两个姑娘不够漂亮，不值得。在我看来，这群大学生吃面包的积极性超过了看姑娘……”

几乎每天早晨五六点钟时，就会有一个短腿姑娘准时出现在面包坊窗外的街上，她的身体构造很特别，像是由一个个小球体构成的大球体，就跟一袋子面瓜一般。她赤脚走到地下室的窗户时，就边打哈欠边喊：

“瓦尼亚[①]！”

她长着一头黄黄的卷发，跟一串串小圆环似的挂在圆鼓鼓、红彤彤的脸上和扁扁的前额上，撩着她睡意蒙眬的双眼。她懒散地用那双婴儿般的小手撩开眼前的头发。那模样好滑稽！面对这样一个姑娘你能怎样？我叫醒卢托宁，他睁开眼说：

“来了？”

“你这不瞧见了吗？”

“睡得好吗？”

“当然好了！”

“梦见什么了？”

“不记得了……”

此刻，整个城市都在静谧之中。只有远方传来清道夫挥动扫把的声音，一觉醒来的小麻雀欢喜地叫着，地下室的窗户也在享受阳光的亲吻，我爱沉醉在这样静寂的清晨。面包师贪婪地从窗户伸出毛茸茸的手去抚摸姑娘的赤脚，姑娘满不在乎地任凭他抚摸，两只温柔顺从的双眼面无表情地眨巴着。

“彼什克夫！面包熟了，赶紧取出来！”

我抽出铁箅子，面包师从上面抓了十多个小甜饼、面包圈和

---

① 瓦尼亚是伊凡的爱称。

白面包丢进姑娘的裙子里。她把热甜饼从左手倒到右手，又送到嘴边，张开嘴用黄黄的细碎牙齿啃了起来，甜饼很烫，她边吃边哼哼。

卢托宁忙不迭地望着他的姑娘：

“快把裙襟放下来，你这不害羞的丫头！”

圆姑娘走后，他又夸奖起她了：

“看到了吧？一头卷发的她就像一只绵羊。老弟，我还是个处男呢，我从来不和娘儿们鬼混，只和小姑娘交朋友。这已是我的第十三个姑娘了，她是尼基福雷奇的干女儿。”

听了他得意的自我满足的话，我心里瞎想：

“难道我也会这样生活吗？”

我很快从炉子里取出烤好的白面包，挑出十块，也有可能是十二块，放到一个长托盘里，送到杰连科夫的杂货铺去。赶回来后又把白面包和奶油面包装两普特，提着篮子到神学院给大学生们送早点。我站在神学院饭厅口，给大学生发放面包，“记账”或收“现金”。神学院里有个叫古谢夫的教授，是和列夫·托尔斯泰持不一样观点的政见者，因此我还能够听到他们有关托翁的争辩。我偶尔还从事一些“地下”工作，面包下面放几本小册子，轻悄悄地送到大学生们手中，他们也时常把书籍或纸条塞进篮子里。

每周我得远行一次，去疯人院，在那儿精神病学家别赫捷列夫给大学生们上实例教学课。我还记得他讲一个躁狂病人，病人当时已站到了教室门口，他稀奇古怪地身着白色病号服，个子很高，头上顶着尖筒帽，看见他那模样儿，我情不自禁地出来了。他从我旁边经过时故意停留一会儿，然后对我瞪了一眼，可吓着我了，我用劲往后缩，就像他那黑眼放射的光芒射进了我的心脏一般。精神病学家捋着胡须讲课时，我始终用手捂着像是被火燎了一般的脸。

病人腔调低沉，白色病号服里伸出他可怕的细长的手臂，手指也一般细长得可怕，那模样仿佛在索要什么。可能是我的幻觉，我觉得他的整个身体都在拉长延展。他的那只黑手就像随时都能够掐住我的咽喉，尤其那张干瘪的瘦脸上黑眼窝里的双眼，放射出冷漠、凶狠的锐利光芒。

听课的二十几个学生望着这个头戴怪帽的疯子，有几个笑了，大多数学生却像若有所思。他们毫无神采的目光根本就没法和疯子炙热的目光相比。疯子很可怕，他身上有种莫名其妙的傲气，他真狂妄！

大学生们一个个都变成了哑巴，不会说话，教室里一片安静，只有教授那清脆的嗓音在教室回响。教授每问一个问题，疯子就会低声呵斥，他的声音好像是从地板下，或者没有窗户的白墙后面发出来的。疯子举手投足很优雅，像教堂里的大主教一般缓和、庄重而又威严。

当天夜里，我就写下了有关疯子的诗，疯子的形象在我心中留下了难以磨灭的印象，他搅得我寝食难安，在我的诗中，我称这位疯子为“帝王之首，上帝的贵宾”。

我的工作非常繁忙，几乎没有闲暇时间用来看书。工作从晚上六点开始，持续到第二天中午，午后我还得补觉。因此就只能偷空看书了。当揉好一团面，另一团还没发酵好，面包也已进炉时，我才能够捧起书本读一小会儿。面包师见我几乎已掌握要领了，他就更难得亲自做了。他还用温和而古怪的声音教育我：

“你挺能干，再过一两年，你就能够出徒当面包师了，真是太荒谬了。你这样年轻，没人听你的，也没人看重你……”

他非常反对我埋在书堆里。

“我看你还是别读书了，还不如睡它一觉！”他时常这样关心地对我说，但他从未问及我读些什么书。

他的最大癖好就是做各种奇怪的梦，梦想着地下埋藏着金银财宝，迷恋那个圆球一般的短腿姑娘。短腿姑娘时常和他夜里约会，她一来他就带她到堆面粉的门洞里，如果天太冷，他就耸耸鼻子对我说：

“你出去半小时吧！”

我一面向外走，一面想：“他们的恋爱方式和书本里描写的真有天壤之别啊！”

老板和妹妹住在面包坊后面的小房间，我时常给她烧茶炊，但尽量避免和她见面，因为一见到她我就浑身忐忑不安，很不舒服。她总是用孩子般的双眼令人难堪地望着我，仿佛我们初次见面时一般，我觉得她的眼神里含有一种对我的讥讽。

我似乎有使不完的劲儿，以至于让我看上去很笨拙。面包师见我居然能够挪动五普特重的面袋，就一脸遗憾地说：

“你劲儿大得顶三个人，但是讲到灵活，你就完了，看你长得又瘦又高，但却是一头又蠢又笨的牛……”

这时的我虽读了不少书，也爱读诗，还开始写诗了，可我依然说“我自个儿”这句土话。我知道这话听上去很愚蠢，像没读过书一样，可我总觉得用这个粗糙的词语才能够表达出我纷繁复杂的情绪。偶尔，为了反击那些难以忍受的事情时，我就故意说话很粗野。

一个曾教过我的数学系大学生说我：

“魔鬼才清楚你在说什么，这哪里是话，简直就是秤砣……”

但事实上，我自我感觉不太好，这可能是十五六岁青春期男女的通病，我总是认为自己又丑陋又好笑，就像卡尔美克[1]人一般，颧骨高高的，说话自个儿也没有分寸。

让我们瞧瞧老板的妹妹玛丽亚吧，她仿佛像只小鸟，飞来飞去，轻盈、灵巧，可我觉得她的动作和她胖乎乎的体态有点儿不协调。从她的言行举止能够看出来，她有点儿爱慕虚荣。每次我听到她欢快的腔调，就想：她是不是想让我忘记我们初次见面时她的病态呢？可我不会忘，我对一切与众不同的事物都很留意，我渴望知道、认识可能发生或已发生的让人惊奇的事件。

偶尔她走近我问：

“您看什么书呢？”

我简单地予以答复，真想反问她：

“您问这做什么？”

有一日晚上，面包师和短腿姑娘约会，他用肉麻的语气跟我说：

“你出去会儿吧！喂！你去玛丽亚那儿吧，为什么傻乎乎地看着？你晓得吗？那些大学生……”

我让他闭嘴，不然我一秤砣下去砸烂他的脑袋。说完我就去了堆面粉的门洞。我从关得不太严实的门缝里听见卢托宁嘀嘀咕咕道：

“我犯不着跟他气愤！他就知道读书，真是个疯子……”

门洞里实在是待不下去，成群结队的老鼠在这里狂欢，面包

---

① 俄国境内的蒙古系游牧民族。

坊里传来短腿姑娘陶醉的呻吟声。我只好躲到院子里，屋外正静静地飘着毛毛细雨，我的心情很糟糕，院子里有一股焦烟味，也许是什么地方发生了火灾。

已是后半夜了，面包店对面的房子还有几间闪着金黄色的灯光，里面的人在哼歌：

圣徒圣瓦尔拉米[1]啊
头上闪烁着金环
他们在天上相逢
忍不住笑开了花……

我幻想着玛丽亚像短腿姑娘躺在面包师膝盖上一般躺在我的膝盖上，可我又觉得非常荒谬，甚至有些可怕。从黑夜到黎明他欢歌畅饮，但是他呀，哎呀呀，还干了那种事……在这个“哎呀呀”上，他们唱得非常用情和意味深长，我双手扶着膝盖探身望向一个窗户，透过窗纱映入眼帘的是一间正正方方的地下室。蓝色灯罩的小台灯照亮了灰色的墙壁，一个姑娘面对窗户写信。这时她抬起头，用红笔杆理一下垂下来的发际，她眯着双眼，一脸的笑容，似乎在想一件让人兴高采烈的事。慢慢地折好那封信塞入信封，用舌尖舔着封口的胶边黏好信，就丢到了桌子上。然后伸出比我的小指都小的食指用力捏了几下，又重新拿起信封，紧锁眉头，打开封口抽出信来又看了一遍，装进另一个信封，写好地址。为使封口快点干，她把信封举在空中来回摇晃着像一面白色旗帜。

---

① 圣瓦尔拉米是基督教的圣徒。

她拍着手转向床铺，等回来时已脱了外罩，露出了面包一般丰腴的肩头，她端着台灯消失到角落里去了。当你观察某个人独处时的一切活动时，真觉得他（她）就是个神经病。我在院子里边走边想：这个姑娘自个儿生活真是一件令人费解的事。

我说的这个姑娘是玛丽亚，每次那个红头发大学生来找她，我心中就会感到莫名其妙。他压低声音和她说话，她呢，就像很是害怕，缩着身子，两只手躲到身后或放到桌下边。我非常不喜欢这个大学生，甚至厌恶他。

短腿姑娘裹着头巾晃悠悠地走出来，她嘀嘀咕咕着：

“你回去吧！”

卢托宁一面从橱子里往外掏面团，一面向我炫耀他的情人多么体贴入微，多么让人兴奋不已，就是一百年也不厌烦。我自个儿想：

“长此以往，我该怎样是好呀！”

我有种不祥的预感：随时随刻都可能从某一个角落里飞来一场灾祸降临到我头上。

面包店算得上生意兴隆，杰连科夫准备另找一间大点儿的作坊，还盘算着再雇一个助手，这对我来说是个不错的消息，我现在的活儿太多了，每天我都累得精疲力竭。

“去了新作坊，你当大助手。”面包师对我许诺，“我跟他们说说，把你的工资提到十卢布。”

我当大助手对面包师来说是有百利而无一害的，他不爱干活，我乐意干。身体的疲倦能够让我暂时忘记心里的苦闷，控制我的情绪，然而却没法读书了。

“你把书送给老鼠啃吧！”卢托宁说，“你是不是没做过梦？

当然了，可能你不肯说！真是丢死人了。说说梦没什么大不了的，用不着担惊受怕！”

面包师和我说话很和气，好像还有点敬意。大概他认为我是老板的心腹，当然这并不妨碍他天天偷面包。

第八章

我外祖母去世了，她入葬后的第七个星期表兄来信，我才得知这一噩耗。在这封简短而又精练、没有标点的信中写道：在教堂门口乞讨时外祖母从门口摔了下来，折了一条腿，到第八天就死去了。直到后来我才得知，我的外祖母靠乞讨养活着表兄、表弟、表姐及她的孩子，然而在外祖母生病时，他们之中居然没有一个人请来医生。信中还说：外祖母葬在彼得列巴甫洛夫斯克坟地，除了他们送葬的还有一群叫花子，外祖父也参加了送葬，他把他们全部赶走，自己在坟前哭得死去活来。

我知道这件事时没哭，仅仅打了一个冷战，夜里我坐在柴火堆上，心中烦闷不堪，想找个人讲讲我的外祖母，她是那么善良和慈祥，跟全世界的妈妈一般。这个向人倾诉的愿望在我心里埋藏了很久，一直没有遇到机会，就这样它将永远埋藏在心底了。

许多年之后，我又找回了这份心情，那是被读到的契诃夫的一个描写马车夫的短篇小说引起的。小说中讲到，马车夫是那么的寂寥，只有对着自己心爱的马诉说着儿子死时的悲凉情景。我的处境越发凄凉，我既没有马，也没有狗，只有身旁一群活跃的老鼠，可我并不想向它们倾诉什么，面包作坊里的老鼠成了我的亲密邻居。

我引起了老警察尼基福雷奇的注意，他像一只老鹰般盘旋在我的四周。尼基福雷奇身体健康、体型匀称，有一头银灰色短发和修整得很好的大胡须。他嘴里胡乱嘟囔着，像看圣诞节待杀的鹅一般盯着我一个劲儿地瞧。

“听说你挺爱看书的，是吗？”

“你爱读哪类书？比如说是《圣徒传》还是《圣经》？”他追向我发问道。

两本书我都读过，我的回答看起来在他的意料之外，他很震惊，看上去懵懵懂懂的。

“真的？当然，读这些书很好，是合法的！我想你也读托翁的作品吧？”

我的确看过托尔斯泰的书，但不是警察们敏感的书。

“托翁的著作和其他作家的作品没什么两样，然而，倒是听人说他曾写过几本叛逆不道的书，居然敢反抗神父，哎，你倒可以瞧瞧这本书！”

他说的这本书我早拜读过了，非常枯燥乏味，我知道在这个问题上不必和警察多说。

和他在大街上遇见并边走边聊有好几回了，他邀请我：“到我的小派出所来坐坐吧，喝杯茶！”

我心中很明白他的用心，可我依旧想去他那儿瞧瞧，我这个人对一切未见过的东西都很好奇。我和几个有远见的人商量，他们决心让我去，如果谢绝他的善意恳求，等于不打自招，反而加深他对面包店的疑惑。

就这样，我成了尼基福雷奇的座上宾。在他的小房间里，俄式壁炉就占去了三分之一的地方，还有三分之一被一张挂花布帐的双人床占去了，床上放着几个有红色斜纹布枕套的枕头。余下空间里放着一个碗橱、一张桌子和两把椅子，窗前还有一条长凳。

老警察解开制服上的纽扣坐在长凳上，这样一来，整个窗户被他遮挡得密不透风。他太太坐我身旁，她是个胸脯丰腴的二十几岁的小娘儿们，阴险、狡诈的灰蓝色双眼嵌在粉红色脸颊上，她讲话时故意翘起两片鲜红的唇，用责怪的语气说话。

“听说，我的干女儿常往你们那儿跑，这个下贱的丫头。”

“世界上的女人全一个德行，就是贱！”

老警察的话很显然激怒了他的太太，她故意问道：

“全都是？”

“没有一个不是！”尼基福雷奇决绝地答道，他胸前的奖章哗啦啦直响，跟马儿摇响身上的鞍辔一般。他喝口茶又兴致勃勃地说：

“从最下等的妓女……到最至高无上的女皇，全部的女人都是下贱的。示巴女王为向所罗门一吐衷肠不惜跨越两千里沙漠，就是叶卡捷列娜女王，虽称为大帝，可她也免不了落入俗套……”

他以确凿的证据证明了女皇的风流艳事，他仔细地讲述了一个宫廷烧茶炉的侍者因和女皇一夜风流而飞黄腾达的故事，侍者现在已高居将军之位。他太太听得着迷，不时地舔舔双唇，还在桌下用腿碰我的腿。老警察人虽老了，口齿却很伶俐，且思维敏捷，爱用令人沉思的语言。我还没弄清楚怎么回事呢，他已转到另一个话题了：

“就拿那个大学生普列特尼奥夫来说吧。”

他太太非常遗憾地感慨一声，站起来说：

“可惜他不怎么好看，但是人倒蛮好的！”

“你说谁好？”

“普列特尼奥夫先生。”

“你叫他先生恐怕还为时过早吧。要叫也得等到他毕业呀，他现在不过是无数个普通的大学生中的一员而已。对了，你说他哪点好？”

“他活泼，有朝气。”

“马戏团里的小丑也一样活泼……”

“那不一样，小丑为挣钱！”

“闭嘴！你记住，老狗也曾经做过年轻的小狗……”

“小丑们跟猴子……”

“我已说了让你闭嘴！你没听见吗？”

“听见了！”

“那不得了……”

说服了太太，老警察转过脸向我建议道：

“我说！你应该认识一下普列特尼奥夫，他挺有意思。”

我疑惑他在试探我，我敢保证他见我们一块在街上走过，我没有法子，只好说：

“我认识他。”

“你们早认识了？噢……”

他似乎很失望，身子突然地悸动，震得胸前的奖章又响了。我心里很担心，由于我最清楚普列特尼奥夫现在在忙什么：印传单。

他太太接着在桌子底下秘密活动：用她的腿碰我的腿。她故意逗她的老丈夫，老警察像孔雀开屏一般口若悬河地炫耀他的非凡口才。他太太弄得我真是没法专心听讲，不知不觉间，我觉得他讲话的语言越发深沉动人了：

“这仿佛是一张看不见的网，你知道吗？皇上就是织网的大蜘蛛……”他恶狠狠地瞪着一双圆圆的眼睛对我说。

“哎呀！你瞧你说些什么呀！”他太太大呼小叫道。

“你给我住嘴！蠢娘儿们！我这样说最生动形象，不是刻意丑化。你这个母马，去准备茶炊吧……”

老警察紧锁眉头，眯起眼睛，接着他生动的继续讲：

“这是一张无形的网。网从沙皇的心里开始，通过各个环节：各部大臣、县长、各级官吏，直到我，甚至能够延伸到兵士头上。这一条一条的线，密密麻麻地包裹着，坚不可摧，正是它保卫着沙皇的统治。然而仍有一些被英国女王贿赂的波兰人、犹太人、俄罗斯人公然想捣毁这张网，还打着为人民的旗号！”

他隔着桌子探身靠近我，压低声音神色有些可怕地说：

“你应该心里知道，我今天为何和你说这些话。你的面包师傅对你挺满意，他说你坦诚、聪明、光棍。然而你的面包店里总有一大群大学生聚集在一块，他们在杰连科夫的房间里彻夜长谈。假使是单独一个学生去，那能够理解，然而总有许许多多学生成群结队往那跑就不太正常了。我可不敢说大学生们哪点不是，他们今天是个普通的大学生，明天也许就当上检察官了。大学生们是好人，就是老捅乱子出来，再加上沙皇的政敌私下里怂恿他们，你听明白了吗？我还有话跟你说……”

他的话看来是不得不中止了，因为一个红鼻子小老头把他家房门打开了。老头儿的卷发用小皮条束着，手中提着瓶伏特加，估计是喝醉了。

“咱们杀盘棋吧？”他借着酒劲饶有兴致地说，他看上去是个很滑稽的人。

“这是我岳父。”老警察沮丧地向我介绍说。

几分钟后，我辞别了。尼基福雷奇的妖艳太太送我出来关门时，捏了我一把，有点暧昧地说：

“您看那片云彩，像着火了一般！”

晴空万里，那片金色云朵，慢慢消失了。

我不得不给老警察一个公正的评价，我也不想惹我的老师们气愤，然而我还要说，警察对当下国情的分析越发透明彻底。一只大蜘蛛，通过无数条紧密纠缠和限制生活的没有尽头的线，编织成一张无形的网。不久之后我就发觉了不计其数这样那样的网络了。

第九章

晚上关了店，我被叫到玛丽亚房间里，她煞有介事地告知我：她奉命来了解我和警察的谈话情况。

我如实地向她讲述了整个过程，她听完后吃了一惊地叫道："天啊！我的上帝！"然后她就像只老鼠一般，满地乱转，不怀好意："面包师没向你打听过什么吗？原来他的情人是老警察的亲戚！得赶走他！"

我站起来倚靠着门框，她的话使我气愤不已。她说"情人"这个词说得这样顺口，真是太不负责了，还有就是她为什么要把面包师赶走。

"以后您要多加注意！"她说话的方式和平时一样，我的感觉也没有改变，永远狼狈和尴尬。此时玛丽亚背着手站在我面前说：

"您怎么看起来总是闷闷不乐？"

"我外祖母刚刚去世了。"

她对这件事似乎有兴趣，就这样她面带笑容说：

"您爱她？"

"当然。您还有没有什么要问的？"

"没有了。"

我离开了老板的妹妹。当晚我写了首诗，其中一句依然印象深刻：您真是爱慕虚荣！从那以后我就尽量避免让大学生到面包房来。但找不到大学生，就没人帮我解答疑问了，只能把有关问题记在笔记本上，赶到一块问。有一次，我写得太累了就枕在笔记本上睡着了。面包师偷窥了我的本儿，他叫醒了我：

“喂！你写的什么呀？加里波得[①]为什么不驱赶皇上？加里波得是谁？他怎么有这个胆子敢驱赶皇上呢！”

他异常愤怒地把笔记本丢到面粉橱上，钻进炉坑烘烤面包去了，并且还喋喋不休：

“你说你该不该驱逐皇帝陛下，真是太荒唐了！最好趁早打消这个念头，你这个书呆子！我记得五年前在萨拉托夫，你们这样的书呆子被宪兵们捉了许多，跟老鼠一般，哎！你难道没有意识到尼基福雷奇早就盯上你了吗？你认为驱逐皇上像赶只鸽子那么不费吹灰之力吗？”

他善意地劝了我半天，由于店里有规定不让我和面包师谈被禁止的危险话题，所以我不能正面回答他。

当时有一本小册子在全城散播，读过的人们都在私下议论纷纷。我让拉夫罗夫帮忙给我弄一本，可惜他没有弄到。

“唉！我说老弟，别指望了，早就没有了。但是，我倒是听说有个地方过两天要宣讲这本小册子，到时候我带你去听听……”

那是圣母升天之夜[②]，拉夫罗夫和我前后相距约五十丈远，行走在阿尔斯科耶波列昏暗的大地上。即便旷野里荒无人烟，我依旧按拉夫罗夫说的去做，每时每刻提高警惕，一面走一面吹口哨，哼着小曲，仿佛一个喝醉酒的工人。这时旷野上幽暗而寂静，黑色的云朵慢慢地飘动，掠过大地上空，金黄色的月亮躲在云间，水洼地闪动着银灰色和铁蓝色的光，不时发出低吼的喀山城被我甩

① 加里波得（1807—1882），意大利资产阶级革命家。

② 八月十五日。

在身后了。

拉夫罗夫停在神学院后边果树园的栅栏边，我急忙赶上去，越过栅栏，穿过杂草丛生的果园。树枝上有露水，一碰就落下来打湿了衣服。我们来到一幢房子的墙脚轻声叩击窗板，一个络腮胡子把窗板打开，他身旁一片漆黑和静寂。

“谁？”

“从雅可夫那儿来的。”

“进来吧。”

这个黑漆漆的屋子里，挤了许多人，能够听到衣服摩擦的声音，人们的轻咳和议论声，就跟地狱一般。有人划了一根火柴照照我的脸，一刹那有许多黑影投在地板上。

“人都到齐了吗？”

“到齐了。”

“挂好窗帘，别把灯光漏出去。”

一个愤怒的声音响起来：

“谁这样自作主张，把我们带到这个多少年都不住人的房子里开会？”

“小点声！”

一盏灯在屋角亮起来了，房间里空空荡荡，只有一条木板架在两个箱子上，上面坐了五个人，跟乌鸦栖息在树枝上一般。小台灯放在一个倒置的箱子上，靠墙处坐了三个人，窗台上也坐着一个人，这人长发，脸色苍白而瘦弱，除了他和那个打开窗板的络腮胡须，全部人我都认识。

络腮胡须压低声音说，他下面即将给大家读那本小册子，它是脱离民主党的普列汉诺夫撰写的文章，名叫《我们的分歧》。

地板上有人不满地叫道:“这我们早知道了!”

我爱这样神秘的场面,它让我很兴奋很刺激,最隐秘的诗歌就是最好的诗歌。我感觉自己似乎成了做祈祷的教徒,还联想到古罗马时代教徒们在地下室里秘密祈祷的场景。屋子里始终充满了人们的窃窃私语声,并且听得还很清楚。

“胡说八道!”屋子里不知是谁愤怒地吼了一句。

在黑暗的房间里,隐隐约约地有什么东西在发光,可能是件铜器,也许是罗马时代骑士们戴的盔甲,我猜想应该是炉子通风门上的把手。

房间里混乱的嘈杂声和朗读声夹杂在一块,也搞不清人们在谈论什么,突然一个讥讽的声音在我头上响起:

“咱们到底还听不听?”

这是那个长发、苍白的青年在说话。这句话效果不错,屋子里立即安静下来,只剩下单纯的朗读声了。屋子里有许多红红的火光在闪动,后面是一张张陷入思考的面孔,有人大睁着眼,有人用力眯着眼,屋子里乌烟瘴气,硝烟弥漫。

文章太长了,就连我这个对语言通俗、文辞流畅、观点鲜明的篇章情有独钟的人都不耐烦了。

朗读声突然停止,顿时响起了愤怒的喊叫:

“叛徒!”

“一纸空文!”

“这明摆着是在亵渎英雄的鲜血!”

“这是在喀涅拉罗夫和乌里扬诺夫[1]牺牲之后……”

---

① 亚历山大·伊里奇·乌里扬诺夫是列宁的哥哥。

那个苍白的青年又发话了：

“先生们，能不能用正常的言词反驳而不用辱骂呢？”

我向来厌恶人们争论不休，也不爱听，再说要想从中分辨出个所以然来也是一件难事，再加上辩论者自以为是的傲气劲儿，让人看了心里怪不舒服的。

长发青年从窗台上俯身对我说：

“您是彼什克夫？我是弗得塞也夫，我们彼此认识一下好吗？坦白说，在这儿待下去也学不到什么，要不我们离开这儿？”

我早就听说过这个名字，他是个沉稳庄重的小组头目，我非常爱他苍白而生动的脸和他那双深沉的眼睛。

我们边走边谈，他问了我许多问题：有什么工人朋友，读什么书，闲暇时间多不多？他还说：

“我晓得你们那个面包店，可令我费解的是您怎么浪费大好时光去干那些毫无意义的事情呢？”

我跟他说，我自认为自己这样做也是毫无意义的，他非常满意我的答复，一面紧握我的手，一面发出响亮的笑声。他告知我后天他要离开这儿三个多星期，等他回来再想法子和我见面。

面包店的生意越来越红火，我自个儿的事情乱作一团，新作坊非但没有减轻我的工作量，反而越发重了。我里里外外的事都得做，除了作坊里的事，还有往外送面包：私人住宅、神学院、贵族女子寄宿学校。

那些女学生们时常趁挑面包的机会，塞小纸条给我，在那些漂亮的信笺上居然写着不知羞耻的词句，即便字写得很幼稚，但思想看起来就像已“成熟”了。

每当那一群活泼、干净、俊秀的贵族小姐们娇声娇气，极尽媚态，伸着粉红色小爪子围着我的面包篮晃悠的时候，我就想：究竟是哪几位小姐写下这样的信笺呢？她们真的不清楚她们在写些什么吗？我不禁不由自主地想起“烟花巷”来，自个儿寻思：

“莫不是那条看不见的线从烟花巷扩展到这些贵族小姐身上了吗？”

我在走廊上被一个胸脯丰腴、肤色浅黑、梳一条黑色大辫的女学生截住，她非常局促，忐忑不安地轻声说：

“麻烦你把这封信按上面的地址送去，我付你十戈比。”

看着她欲哭还羞的模样：眼中含着泪水，双唇紧咬，面相和蔼而又善良。我爽快地接过信笺，没要她的十戈比，把信送给了高院里一位法官的儿子。他脸上的红潮一看就知道他害肺病了，这个身材高大的大学生接过信就准备给我五十戈比的报酬。他仔仔细细地数着钱币，我告知他我不收钱，他放钱币时没放进裤兜儿，“哗啦啦”钱币滚落了一地。

他茫然失措地看着五戈比、七戈比的铜币在地上翻滚，用力地搓着双手，指节“啪啪”直响，然后难为情地嘀咕了一句：

“这该怎么好呀！就这样吧，再见了！我得考虑考虑……”

我不晓得他考虑出了什么结局，可我认为那个女学生很可怜。没多久她就不见了。十五年后，我又遇见了她，她在克里木当中学老师，得了肺结核，一谈到社会人生就忍不住的悲愤和心痛。

来瞧瞧我的工作表排得有多紧密吧：送完面包后，晚上还要到作坊帮着烤面包，深夜里要烤好，送到面包店里卖。我们的新面包店在一个剧院旁，夜场的观众时常到店里吃热乎乎的面包圈。除此之外，我还得揉按斤卖的面包和法式面包的面团，这是十五到二十普特重的大面团，是件非常繁重的工作。休息两三个小时之后，又开始送面包。

日子就这样一天天过去了。

这段时间我对社会工作充满了激情，我十分渴望向四周的人们传播一种永恒、美好的东西。我天生具备优越条件，爱和人打交道，很会讲故事，尤其擅长把自个儿的亲身经历和从所读书本中获得的知识结合起来，编成很有意思的故事，自然我的故事里也隐藏着那数不清的“看不见的线”。

我认识了许多克罗斯托甫尼柯夫和阿拉甫佐夫工厂的工人，还跟织布老工人厄基塔·罗伯索夫交上了朋友，他几乎走遍了全俄国的织布工厂，这人很有头脑，性情开朗。

“我在世上已活了五十七年了，马克西莫维奇[①]！我的小流浪儿，新鲜的小梭子！”他说话声音瓮声瓮气的。

这个老头有一副很精致的黑眼镜，是他自个儿做的，他用铜丝把有关部位联结起来，所有鼻梁上和耳朵后都染上了铜垢。他的胡须也很特别，并因此而落得一个雅号，他刮胡须时像德国人一般留下双唇上的一撮儿和双唇下的一块灰白胡须，因此人们称他是“德国佬”。他身材适中，胸脯宽阔，时常面带饱经风霜的笑容。

“我最爱看马戏，”他晃了晃凹凸不平的光头说，“马本来是个牲口，你说是怎样训练它的呢？真让人羡慕，这样一来，人也能够通过训练变得聪明，马戏团里的牲口是用糖训练出来的，而人需要的糖是善心，而不是从杂货铺里买来的糖。这个意思就是对人要友善，我的小伙子，不要动不动就想举棒打人，你说对不对？”

---

① 马克西莫维奇是阿列克谢·马克西莫维奇的俗称。

但事实上他自己对人并不和蔼和善良，这些话通通是说给别人听的。他和别人争论问题时，态度粗鲁，蛮横无理，盛气凌人，平时和人说话也是常带讥讽的口吻。说起我们的相识，还有段故事：我走进一家啤酒店，看见一群人围打他，并且他已不幸地挨了两下，我冲过去把他们劝开了。

“您还好吗？痛不痛？”他羞涩地笑笑，我们在夜路上走着。

“呸！这算得了什么？”他一脸的不在乎，“唉！你和我说话干嘛老是您您的？”

从那以后我们成了朋友，起初他还时常讥讽和嘲笑我，然而听了我讲的“看不见的网”之后，他一反往日对我的态度说：

“你真的不笨，一点儿也不笨，对不对？……”他对我真是有点父亲的味道，并且叫我也毫不客气地加上了父称。

“我的阿列克谢·马克西莫维奇！我的小梭子！你的见解是正确的，然而没人相信你……”

“您信吗？”

“我？我和别人不一样。我是个丧家的秃尾巴狗，而别人则是戴镣铐的看家狗，他们的尾巴好长好重：老婆孩子、手风琴、棉鞋等鸡毛蒜皮琐琐碎碎的事情。看家狗都只顾着自己的狗窝，他们才不会信你呢。那次我们在莫列佐夫工厂暴动时就是，出头的椽子先烂，脑袋可与屁股不同，一旦烂了可就有您好受的！”

以后他的这种观点发生了改变，那是他认识了克罗斯托甫尼柯夫工厂的钳工雅可夫·沙坡什尼柯夫之后。他身患肺病，会弹六弦琴，精通《圣经》，不断地反对上帝。雅可夫谈话狂热而富有激情，还不时地往地上吐带血的痰：

“上帝根本就是不存在的。首先，我这个人不是按上帝的形象造的。不管聪明才智还是自身体力，都毫不相同，况且我一点儿也不仁慈；其次，上帝根本不知道我的生活有多艰苦，要不就是他知道但不肯帮忙；最后，上帝并非全知全能，并且根本就不仁慈。让我说，上帝压根就不存在！纯粹是人们自己编造出来欺骗自己的。”

“我们都活在自欺欺人的生活之中！”

直把个罗伯索夫听得瞠目结舌，脸色铁青，以致破口大骂。雅可夫镇定自若，引经据典，说得头头是道，说得罗伯索夫低头沉思，哑口无言。

雅可夫的讲话风度真是无人能比，那模样让人惧怕。尤其那双凶光毕露的双眼就像躁狂病人的眼光，他的头发黑得像吉卜赛人一般，脸又瘦又黑，猛一望过去，漆黑一片，青色的双唇里狼牙在跳动，说起话来目光如火炬死死盯住对方的脸。

告别雅可夫，罗伯索夫心情沉重地说：

“世界上全部的话我都听过，就是没听过这样的话，居然在我面前侮辱上帝！这个人活不长了。真可怜，他快把自己烧死了……挺有意思，是不是？老弟！”

然而事情却发生了戏剧性的变化，不多久，他和雅可夫便聊得火热，快乐得都要燃烧了，用劲地用手擦他的坏眼。

他笑呵呵地说：“嗯！这就是说，罢了上帝的职！哈哈！我亲爱的小钉子沙皇吗？他没关系。在我看来，关键不在沙皇而在老板身上。我才不在乎是谁当沙皇，伊凡勒帝当也成，只管坐下来统治吧！请便！我只要惩罚老板的权力就够了！来来来，让我用一条结实的金链子把你捆在皇帝的宝座上，我要像朝拜沙皇一般朝拜你……”

罗伯索夫看完《沙皇就是饥饿》后对我说：

“这书中写得一点都不差！”

他第一次看这种石印小册书，逗着玩地说：

“喂！这书是谁给你写的？真清楚！麻烦你转告他一声，我这厢有礼了！”

他对知识的渴求到了不能自拔的地步。他聚精会神地听雅可夫糟蹋上帝，一连几个小时听我讲书中的故事。他时常被逗得前俯后仰，并连声赞叹：

“人真是很神奇呀！”

他由于有眼病，自己读书很困难，可这并不影响他见多识广，他的博学时常让我敬佩不已，记得有一回他说：

“德国有个绝顶聪明的木匠被国王任命为参议员了。”

我追问下去才知道他说的是倍倍尔[①]。

“你怎么会知道这事儿？”

“知道就是知道。”他随口一句，手指头抓着那个凹凸不平的秃脑壳。

雅可夫对四周的现实生活漠不关心。他就跟上帝较上劲儿了，一心要消灭上帝，讥讽神父，一副叛逆者的形象。他尤其憎恨修士，有一次罗伯索夫平心静气地问他：

“喂！你是不是只知道咒骂上帝呀？”

这下导火线被点燃了，他发狠一般狂叫道：

“就是这个上帝！我恨他！我崇拜了他二十年，我谨小慎微、担惊受怕、唯唯诺诺地度日。由于上帝说凡事不可辩驳，全部由

---

① 倍倍尔（1840—1913），德国社会民主党和第二国际的领导人之一。1867 年开始任议会议员。

上帝做主。到头来呢，我一无所有，我活得痛苦、压抑、没有自由。当我熟读了《圣经》，我才惊觉，这套把戏全是瞎编乱造，都是骗人的！根本就没有什么尼基塔！”

他气愤地挥动着一只胳膊，就像要摆脱什么，说话的声音几乎成了哭腔。

“全是由于这个，我年纪轻轻就快死了！”

第十章

这段日子，我还认识了几个有意思的人，我想起来就会跑回谢苗诺夫面包坊看我的老伙计们。他们都乐意我去，爱听我讲故事。可惜罗伯索夫住海军村，雅可夫又住鞑靼区，相距五里之遥，我们几乎见不到，他们没有看过我，我也没有过去看他们，因为我没有能款待他们的场所。

还有一个重要原因就是新来的面包师是个退伍兵，跟宪兵常有来往，再加上面包店的院子和宪兵司令部的后院只有一墙之隔。那群不可一世的“制服”们时常翻墙而过，或是为岗卡尔特上校买白面包，或是为自己买黑面包。

也有人提醒我，不要锋芒太露，以免引起有关方面对面包坊的过分注意。

我的工作越加枯燥，面包店也快经营不下去了。最近时常发生些让人恼火的事情。有些人很过分，时常拿走柜子里的钱，有时候居然到了没钱买面粉的地步。

杰连科夫揪起那缕儿可怜的小胡须无可奈何地说：

“完了，我们快破产了。”

他的私人生活也出了问题，娜斯佳怀孕了，脾气大长，成天鼻子不是鼻子脸不是脸的，像一头野猫一般撞来撞去，那双绿眼睛里充满了怨恨。

她一个劲儿往安德烈身上撞，故意当他不存在，此时的安德烈咬牙切齿地给她让开路，望着她摇一摇头。

杰连科夫也向我诉过苦：

“这些人真是！太随便了，没有不拿的东西，我买的半打袜子只一天时间就全不见了！”

他的家庭也遭遇了不幸，父亲由于怕死后入地狱，得了精神抑郁症，小弟弟整日喝酒玩女人，妹妹变得冷漠无情，看来她和红头发大学生的恋爱不怎么顺利。我时常看见她双眼红红的，心中更增加了对那个大学生的憎恨。

杰连科夫的事业也很难接着维持了，从袜子这个小事儿就能够看出，大家是多么不理解这个善良人的义举呀！他一心一意地想做一件有意义的事情，但太难了！他附近那些得到救助的人们非但不关心他的事业，反而去破坏它。安德烈别无所求，他只希望大家能够和蔼而又善良地对待他和他的事业。这个可怜的善人呀！

我发觉我爱上玛丽亚了，我还爱面包店女店员娜捷什塔·社尔巴托娃，那女人有着健康的肤色和妩媚的笑容。

不管怎样说，我开始恋爱了。我这可算不上早熟，不管年龄、个性还有我“丰富多彩”的生活都“逼”着我去接触女人。我渴望异性的温柔，哪怕仅仅是友谊也行。我渴望向人倾诉我自个儿的心事，太需要找个人帮我清理一下乱作一团的思绪了。

从始至终我还没有真正意义上的朋友。那些把我看成“璞玉”的人们，并不能打动我的心灵，我不会对他们说心里话。如果我讲了他们不感兴趣的话题，他们立刻就会阻碍我：

“嘿！算了，算了，别再说了！”

最近我得到了一个坏消息：古里·普列特尼奥夫被捕入狱，

被押到了彼得堡的“克罗斯特”监狱。

这个消息是从老警察尼基福雷奇那儿知道的。那天清晨，我们在街上相遇，他依旧一副老模样：胸前挂满奖章，庄重的表情跟刚刚走出阅兵场一样，见了我敬个礼就走了。刚走不远他就停下来气愤地冲我吼道：

“昨晚古里·普列特尼奥夫被抓了……”

他挥挥手，转过头轻声说：“他完了！”

我看见他狡猾的眼里似乎有泪花在闪动。

普列特尼奥夫早就预料到自己会有这样一天，他还叮嘱我和罗伯索夫不要去找他，他和罗伯索夫就像和我的关系一般亲密。

尼基福雷奇望着自己的脚，闷闷不乐地说：

“你怎么不来看我……”

晚上我去看他时，他刚刚睡醒，靠在床上喝格瓦斯，他太太坐在窗户边给他缝裤子。

老警察抓着胸前的长毛，若有所思地瞧着我说：

“是这样，逮捕他，是由于在他那边搜到了一口熬颜料的锅，你知道他是准备用它来印反动传单的。”

他吐了一口唾沫，不耐烦地冲着夫人喊：“给我裤子！”

“就好！”她头也不抬地应着。

“她心疼他，还哭呢，连我都怜悯他。但是，大学生怎么能叛逆沙皇呢？”

他一面穿衣服，一面叮嘱太太：

“我出去片刻……你烧茶炊，听见了吗？你！”

他年轻的太太仿佛没有听到他的话，雕塑般望着窗外。当老头走出房门，她飞快转身，握起拳头向门口砸去，还咬牙切齿地骂道："呸！人面兽心的老畜生！"

她抬起头我才看清：她脸哭肿了，左眼有一大块伤痕，双眼几乎睁不开了。她在壁炉前准备茶炊，满腹怨恨地嘀咕着：

"我非得把他骗得团团转不行，我要让他痛哭、号叫！你千万别相信他！他嘴里没有一句真话！他想抓你，他就会假慈悲，他才不知道什么叫'怜悯'呢。他是个渔翁，以打鱼为生，他对你的事知道得一清二楚，他成天挖空心思：抓人……"

他太太靠在我旁边，恳求我："吻吻我好吗？"

我心里很是厌恶她，然而看着她那双苦大仇深的眼，我不由得拥抱了她，甚至抚摸了她油腻的乱发。

"最近他的目标是谁？"

"住在雷伯内良斯卡娅街旅馆的人。"

"你知道他们都是哪些人吗？"

她笑了起来："瞧瞧，如果我跟他说你向我问这些事了，上帝啊！他回来了……古洛奇卡就是他发觉的……"她慌忙跑开到壁炉前面。

老警察满载而归：一瓶伏特加、果酱和面包。我享受着贵宾待遇，玛列娜坐在我身旁，殷勤地招待着我，还用那只正常的眼睛望着我。她的老丈夫开始训导我了："这条看不见的线深入到人们的骨子里了，你要斩断它，妄想！沙皇就是上帝！他主宰一切！"

他说着说着，突然发问："哎！你读过许多书，读过《新约》四福音书吧，你觉得它上面写得都对吗？"

"我看不明白。"

"让我说，那上面真是胡编乱造。举个例子来说，书上写穷人幸福，根本是胡说八道，穷人怎么会幸福呢？关于穷人的话，真叫人难以理解。我看，生来就穷和中途败落变穷的人是根本不一样的。生来就穷的人肯定是坏人，中途败落变穷的人则是不幸的人。”

“为什么？”

他用他独特的警察的眼神瞅了我一下，然后就煞有介事地讲出他深思已久的想法：

“福音书宣扬怜悯穷人，我可不这样认为，我觉得花费这么大的人力、物力去帮助穷人或残疾人，办什么收容所、养老院、监狱、精神病院真是浪费，钱应该用在健康的人们身上，以便他们能更好地施展才华。穷人、病人并不会因得到帮助就变得强健起来，倒是健康的人反而因此被拖垮了。这个问题值得深思，许多问题都需要重新定论。

“福音书和我们的现实生活相差很远，生活有它自个儿的轨道。

“普列特尼奥夫为什么会死？他就是死于怜悯，由于怜悯穷人和受苦受难的人们，而葬送了自己的性命。”

“究竟还有没有天理？”

从这个老警察嘴里听到这样狂妄自大的话，真是让人震惊！过去我也听到过类似的想法，但都没有尼基福雷奇讲得鲜明生动。

七年后我读尼采时，又想起了这一幕。有一点我需要补充一下：我从书里获得的知识，许多都是我在现实生活中听到过的。

以“逮人”为生的老头就这样喋喋不休地向我谈着，还用手指敲击茶盘打出节拍，冷酷无情的脸紧绷着，眼睛盯着能够当镜子的铜茶杯。

“哎！你该走了！”年轻的太太已提醒他两回了，他根本就不理睬，而是顺着自己的思路往下扯。突然，他的话锋一转：

“小伙子！你一不傻，二又识文断字，怎么就一辈子非得当个面包师呢！如果你肯为沙皇效力，就能够赚许许多多的钱……”

我表面上在听他讲话，心里却在寻思着怎么传信给雷伯内良斯卡娅街上的人们，告知他们现在他们处境危险。我认识一个住在那里的刚刚从雅布托罗夫斯克流放回来的人，他叫色尔盖伊·梭莫夫，我听说过许多关于他的奇闻轶事。

“聪明人应该像蜂房里的蜜蜂一般团结一心，沙皇……”

“你瞧瞧都九点了！”太太催促道。

“坏事儿！”

老警察一面站起，一面系扣子。

“噢，没有关系，我坐马车去。我说老弟！再见了！欢迎你来做客……”

我走出派出所就下定决心，再也不踏进这个地方一步了，尽管这个老头蛮有意思，对一些问题也有独特见解，可我依然打心眼儿里厌恶他，也许就是由于他是个警察。

有关怜悯的问题是当时人们争论的焦点，有一个人的看法强烈地震撼了我。

这是一个“托尔斯泰主义者”，这个人我是第一次见到。他身材高大、魁梧，紫红色脸膛，黑色山羊胡，长着黑人一般的大厚嘴唇。

平时他总爱弯着腰看地下，突然一抬他的光脑壳，你就会震惊地发觉，他长着一双多么有亲和力的眼睛，而那锋芒毕露的眼神充满了仇恨。

我们是在一个教授家里举办的小型聚会上结识的，有许多年轻人参加，其中有一个举止斯文、身材瘦小的神学研究生，他黑色的法衣越发反衬出苍白俊秀的面孔，那双眼闪动着看透世俗的笑容。

托尔斯泰主义者开始发表他的长篇大论，目的是宣讲福音书中的伟大真理。他很注重演讲技巧，声音虽有些嘶哑，但却铿锵有力，言语之中让人觉得有一种震慑作用，尤其是讲话过程中他那左右挥舞的手臂，越发加重了他讲话的说服力。

“真是个戏子！”我旁边角落里的人们议论纷纷。

“是，对的，就是在演戏……”

我突然想起这个托尔斯泰主义者似曾相识：我刚刚看过没多久，德里波尔写的天主教怎样反科学的书中，那些相信爱能拯救人类的天主教教士，他们打着热爱人类的旗号，干着毁灭人类的勾当。

托尔斯泰主义者穿着很特别，里面的衣服很肥大，外面却是件灰灰的旧的小外衣。突然，他在结语中提高了嗓门：

“请问，基督和达尔文你们相信哪个？”

这句话真像投石入水，激起了人们心中的阵阵涟漪，年轻的姑娘和小伙子们热切地望着他。然后大家都低头沉思着这个严肃的问题。

人们的沉默似乎激起了他的愤怒，他用眼扫视四周，然后说：

“谁能够把这个矛盾体统一起来呢？除了虚伪的法利塞人，这种人是无耻下流的……”

小神父急不可待地挽起袖口，从座位上站起来，坏坏地冲大家一笑，开始了反驳：

“如此说来，诸位居然苟同他对法利塞的恶毒攻击了？我说他的做法不仅蛮横粗鲁，并且真是荒谬至极……”

小神父的观点让我很是吃了一惊，他说法利塞人才是真正继承犹太人传统的一个民族，同时指出犹太人站在法利塞人一面对抗他们共同的敌人。

“你们最好瞧瞧约瑟夫斯的书！……”

托尔斯泰主义者早已气急败坏，纵身跃起像是要挥手砍断约瑟夫的头一样，大喊道：

“听听！人民一直受蒙骗、受欺瞒，直到今天他们还在反对自己的朋友，多么可悲的一件事情啊！你为什么跟我提约瑟夫斯？”

会场上一片混乱，小神父他们的看法得不到支持，没有了争论的意义。

我被这样热烈的争论弄得头昏眼花，不管怎样也抓不住真正的主旨，脚下的土地都在他们的争论声中震动起来了，哎！恐怕我就是世界上最愚蠢的人了。

托尔斯泰主义者早就争论得面红耳赤了，一脸愤怒的表情，他怒吼着：

“丢开福音书！别提它了！不要再胡言乱语了！回去把基督再钉上十字架吧！只有这样才能证明一颗心的忠诚！”

我心中不解：人该怎样充满爱心地生活下去呢？既然生活是为了幸福而斗争，而爱心又会危及斗争的结局，那么究竟该怎样平衡这一矛盾呢？

我打听到托尔斯泰主义者的姓名和住址，第二天晚上就去登门拜访。他叫克罗波斯基，寄住在本城一个地主家。我去时，他正和地主家的两位小姐坐在花园里的菩提树下。他的模样和我想象中的游方僧、传道士形象差不多：白衣、白裤，衬衫扣子没系，大把的胸毛裸露着，身材高大瘦削，颧骨很高。

他吃东西的模样很不雅观，一面用银勺子舀莓子和牛奶，一面翻动两片厚唇琢磨味道，还有咽一口吹落一次沾在他那撮稀疏胡须上的牛奶汁的毛病。一个小姐在旁边服侍他，另一个靠在菩提树上，双手抱着夹子，抬头仰望着昏暗的天空，就像对生活充满了某种期待。两位小姐都穿着紫丁香色的衣服，长得颇为相似。

他很健谈，滔滔不绝地讲述着爱的理论。他说人应该发掘和培养人类灵魂深处的高尚情操：世界意识和博爱精神。

“只有这种神圣的情感才能团结人心，凝聚力量！没有爱，不会爱，就不知道怎样生活。那些说生活就是斗争的话，真是胡说八道，他们注定要灭亡，记住，火是不能灭火的，同样道理，丑陋不能破除丑陋！”

我们谈得很好，但是当两位小姐手挽着手返回房间去时，他似乎看起来不耐烦了，一面眯着眼看两位小姐的背影，一面问：

“你是干什么的？”

听我说完了，他用手指拍打着桌面，又开始了对我的教育：人不管走到哪儿还是人，没有必要拼命去改变自己在生活中的地位，应该把全部精力用在培养博爱的精神上。

“越是社会地位低下的人，就越亲近真理，越亲近生活的最高境界……”

我甚至疑惑连他自己都不清楚自己在说什么，我沉默不语，两位小姐离开了，他说话的兴致也没有了，眼里也透出了疲倦的神情，一面打哈欠、伸懒腰，一面耷拉着眼皮含糊不清地说着话：

“我这是怎么了，有点累，对不起，请原谅！”

说完他拉下眼皮，一脸的倦容，还龇牙咧嘴唠唠叨叨个不断，像是浑身痛得难受。

从他那儿出来，我心里充满了对他的厌恶。他成天大肆宣扬爱的理论，都是瞎扯的，仅仅嘴上的功夫而已，说一套做一套，明摆着对人就没有一丝的爱心。

第十一章

几天后我给一个嗜酒的单身教授送面包时，又碰见了克罗波斯基。这次他看上去精疲力竭，一脸的晦气，双眼红肿，可能是喝多了。

他和教授正在演出一幕闹剧：肥头大耳的教授喝酒喝得满脸是泪水，衣冠不整，手中抱着六弦琴坐在地板上，他身旁乱七八糟的：家具、啤酒瓶、外衣。他坐在那儿摇摇晃晃大声嚷嚷着：

"仁……仁爱……"

克罗波斯基愤怒地说：

"什么仁爱！我们的路只有一条：死。要么沉醉于爱之中死去，要么在参与争夺爱的战争中死去……"

他一把揪住我的肩膀，把我从门外拽进去，对教授说：

"你问问他想要什么？你问问他需要仁爱吗？"

教授用他那装满泪水的眼看了我一下，笑道：

"他！卖面包的！要的是面包钱而已！"

他转了转身子，把钥匙从衣服口袋里拿出来递给我：

"哎！把钱全拿走吧！"

还没等我接过钥匙，就让克罗波斯基夺过去了，他摆摆手：

"你走吧！回来拿钱！"

面包被他丢到墙角处的躺椅上了。

还好他没有认出我，否则我反倒觉得不好意思，刚才他发表言论时说，人应陶醉于爱之中死去，越发加深了我对他的厌恶感。

以后我听说，他一天之内向同一家的两位小姐表达了爱慕之情，当姐妹俩互相分享这份甜蜜时，一下就揭穿他了，就这样下了逐客令，这个人就此在喀山城销声匿迹了。

关于爱存在的意义一直是困扰我的问题，最终我才弄清楚我要问的问题是什么：

“爱究竟有什么用？”

我从书本中看到的以及与旁边进步人士交往获得的，和真正的现实生活之间的距离是多么的遥远呀。

一面是关于人类友好、仁爱的教育，另一面却是仅仅为了一点点私人利益就争得头破血流的战争，人类本性的自私、凶残都在我面前暴露无遗。

在那些车夫、工人、官员的浩浩洪流之中，那些我所敬佩的知识分子们是多么的曲高和寡呀！然而社会之中的大多数人遵循着另一套生活准则，他们卑贱、贪婪、自私、狭隘，面临这样庞大的队伍，知识分子的力量就太微不足道，太不堪一击了！他们的努力只能是白费。

现实生活让我觉得很压抑，以至于让我没有办法呼吸，快要闷死了。什么博爱、仁慈，嘴上功夫而已！事实上，我自己也染上了一些社会恶习。

生活是多么辛苦呀！

一天，兽医拉夫罗夫上气不接下气地说：

“依我看，人的恶的一面应该得到绝对的自由，直到我们感到厌倦，这样就能够形成像这个该死的秋天一般令人厌烦的局面。”

那是一个来得特早的秋天，秋雨绵绵，气温急剧下降，瘟疫乘虚而入，自杀事件时有发生。患了水肿病的拉甫洛夫自杀了。

他的房东梅德尼科夫裁缝在为他送葬时无可奈何地说了一句：

“他给牲口治了一辈子病，自己反倒像牲口一样死了！”

这位房东性情极为温和，他面目清秀，尊敬神灵，能够全文背诵圣母赞美诗，热爱打人，用系着三根皮条的鞭子打七岁的女儿和十一岁的儿子，还有孩子们的妈妈的腿和肚子。他还不满地嚷嚷：

“治安长官非说我的这套家法是从中国人那儿学的，这可真是冤枉！除了在画面上，我这辈子就没见过一个中国人。”

我们还是来听一听他裁缝铺里的工人对他这个老板是怎么评价的吧：

“没有人比我们老板这样敬神的慈善家更令人恐怖的了！野蛮人至少一眼就看得出来，让人有个心理准备。然而表面上仁慈之人，即便看上去不动声色，却会在你毫无防备之时，像条打埋伏的青蛇，冷不防给你一口，太恐怖了……”

说话人是个终日愁容满面的老人，外号顿卡老翁，他自己就很会没事找事，既友善又圆滑，尤其拍马屁，最在行的莫过于哄老板开心。

他的话绝对可信。

老实说，这群识时务的人我不敢恭维，他们适应性很强，跟生长在石头上的苔藓一样，照旧能够使土质疏松而开花结果。尤其是他们墙头草一般的圆滑和见风使舵的精神，令人望尘莫及，那种滋味跟一匹病马陷入了牛虻的围攻之中一样，难过得没有办法形容。

那次我从尼基福雷奇那儿回来，有过同样的想法。

十月，秋风在吼叫，一片凄风苦雨的光景，天空昏沉沉的，似乎在抖动。我看到一个妓女拖着一个酒鬼在街上步履维艰，她拽着酒鬼的胳膊，酒鬼看起来心情很糟糕，没嘀咕几句就哭起来了。妓女无可奈何地说：

“哎！你的命……”

我自己又何尝不是如此呢？我觉得：

“我仿佛被什么人拖到了一个漆黑的角落，目睹了大千世界的假、恶、丑。我受够了！”

这个意思，差不多就是我那时的心里想法，话也许说得不准确。

我的思想，开始在这个悲凉之夜发生翻天覆地的变化。我感到身心疲倦，心情沮丧。也就是从这一天起，我开始看轻自己，瞧不起自己，对自己漠不关心了。

任何人都是一个矛盾结合体，不管语言还是行动，尤其是情感上的矛盾，都会使人陷入烦闷之中。就这样我的苦恼越发沉重了，许许多多事物都在我身上特有的矛盾的激化下让我产生了好奇感，在好奇心的驱使下，我像只陀螺一般飞快地在女人、书籍、工人、大学之间来回徘徊。但最终一无所获，一无所成。

我去看得病住院的雅可夫，但晚了。医院里一个歪嘴胖护士，长着一对鲜红的耳朵，冷冷地告诉我：“他已死了！”

她见我呆呆地站着一动不动，就发怒了：

“嘿！你到底要干什么？”

我也被惹恼了：“你这个混蛋！”

“尼古拉！赶走他！”

那个被叫作尼古拉的人正在擦个铜棍子，他听到命令大叫一声，随即用铜棍子打在我的后背上，我立刻冲上去抱住他，把他往医院大门口外的水坑里拖。他就像满不在乎，乖乖地在水坑里坐了一会儿，站起来吼着："呸！你这个疯狗！"

我没有心思理会他，径直来到杰尔查文[①]公园，坐在诗人的铜像旁，一心想干件坏事，好让人们冲上来打我，我也能够好好打一回，发泄心中的怒火。但是事与愿违，即便今天周日，公园里依旧是冷冷清清，甚至连个人影都找不着，所能见的仅仅是怒吼的狂风扫着飘零的落叶，路灯杆下随风飞舞着的树叶。

傍晚时分，天空逐渐变得阴暗，狂风越发怒吼，空气越发凄凉了。我凝望着诗人巨大的青铜像，心中暗想：死亡！多么可怜的雅可夫呀！一个无依无靠、了无牵挂的光棍汉，即便生前这么疯狂地反对上帝，死时和其他人也没有什么两样，一般的悄无声息，一般的飘然而逝。我悲痛至极，同时为他的死而惋惜。

"尼古拉！本该和我好好地打一场架，要不他叫警察把我抓了也好呀……"

我去找罗伯索夫，他正在小桌旁补衣服。

"雅可夫死了！"

老头举起拿着针线的手，试着画十字，但是却没成功，线被什么东西缠住了，他低声骂了一句。

然后他开始发牢骚了：

"老弟呀，这就是咱们的命！咱们就快归天了。雅可夫已死了，我们这儿一个光棍铜匠也要死了，他被宪兵逮了！他是古里

---

① 杰尔查文（1743—1816），俄国诗人，他的纪念像坐落在大学的校园内。

给我介绍的，人很机灵，和大学生们关系密切。哎！你有没有听说大学生闹学潮的事？这是真的吗？你帮我缝一下吧！人老了，双眼不好使了……”

他递给我衣服，背起手来回踱步，不时地咳嗽着，嘴里唠唠叨叨：

“一会儿这儿，一会儿那儿，刚有点儿亮光，就被扑灭了，日子越发昏暗！真是个可恶的城市！趁伏尔加河还没有结冰，我不得不离开这儿了。”

他停下来，搔搔头皮喃喃自语：

“往哪儿去呀？俄罗斯我几乎都走遍了，除了使自己变得心灰意冷外一无所获！”

他吐口唾沫接着说：

“哼！这算什么生活呀！活来活去也活不出个所以然来……”

他在门口站了会儿，似乎是听到了什么。然后大步向我走来，在桌边坐下：

“我的阿列克谢·马克西莫维奇，你听我说，雅可夫的一生用尽心思反对上帝，让我看，上帝啊，沙皇啊，他们也都不是什么好东西。

“然而要反对上帝和沙皇，老百姓们自己也得反省一下，改变自己卑微的生活，这才是唯一的出路！可惜啊，我有心无力，老了，病了，不中用了！老弟！缝好了吗？感谢……我们去馆子喝杯茶吧……”

一路上，他搭着我的肩，在黑暗中一步一步摸索着前进，他低语着：

“记住，老弟！老百姓们已忍无可忍，迟早有一日会爆发的，毁灭这个世界，彻底改变我们所生活的世界！忍耐已到了极限……”

走到半路，我们正碰上水兵包围妓院，妓院大门由阿拉甫佐工厂的纺织工人们护卫着。

“放假的时候这里准会打架！”鲁布佐夫一脸兴奋地说。他看见那些工人——他的老伙计们，就摘掉眼镜，参战去了，还煽动性地叫喊着：

“我们要作战到底！掐死这些癞蛤蟆！掐死这群小鳟鱼！哈哈哈！”

这个老头怎么会如此激情和狂热？看上去着实滑稽好笑。他冲入水兵队伍，用肩膀抵挡着雨点般的拳头，自己也战功显赫，把水兵撞得人仰马翻。

这场战争倒不如说是一场让人开心的游戏。工人们毫不畏惧，他们自信十足，勇气十足，他们最不缺的就是力量。工人们被蜂拥而至的人群挤到大门上，门板吱呀作响，人们乱起哄地喊着：

“打那个光头官儿！”

还有两人爬上屋顶，在屋顶上激动地唱起来：“扒手？我们不是强盗？更不是土匪，我们是坐船打鱼的！”警笛“嘟嘟嘟”地响起来了，警察制服上的铜扣在黑暗中不断地闪动着亮光，脚下踩着泥泞的土地。

屋顶上的歌声又响起了：“我们的渔网撒向岸边，去钓商店、货栈和仓库……”

“住手！别打躺下的人了……”

“老爷子！小心呀！”

在这个深秋的夜色中，伴随着滑稽的歌声，我和鲁布佐夫等五人被捕了，这些歌声是在为我们送行：“哈哈，捕到四十尾鱼，正够做件鱼皮衣。”

鲁布佐夫频颂着伏尔加河上的人们，他激动不已，不断地擤鼻子、吐唾沫，还提醒我：“你快逃吧！有机会就逃！”

我瞅准机会跳过一道道矮墙甩掉了高个水兵逃掉了，然而自此以后，再也没见过这个活泼、可爱、热忱的老头儿。

第十二章

我的生活在朋友们一个个离我而去后变得越发空虚和百无聊赖了。大学生们真的开始闹学潮了，然而我既不清楚学潮的动机，也不理解学潮的意义所在，只看到他们拼命地投入工作，却并没有意识到这场斗争的残忍与悲壮。

像大学生一般享有读书的权力是我最强烈的愿望：假使现在能够允许我读书，即使每周日一定要以在尼古拉也夫广场挨顿打为代价，我想我也心甘情愿。

有一天，我去探访谢苗诺夫面包坊，那边的工人居然想到学校里去打学生们。

“咱们用秤砣打他们！”其中一个凶神恶煞地说。

我极力劝阻他们的行动，最后都要打起来了，但是我这样做就像并不是有意要维护大学生，我甚至找不出什么理由替他们辩护。

我灰心丧气地从面包坊的地下室里艰难地走出来，落魄至极，苦不堪言。

我的心情糟糕到了极点。晚上来到卡班河岸旁，随手向流水中投着石子儿。投石问路，要是真能找出一条路来也好呀，一个问题始终在脑海里萦绕：“我该怎么办？”

我找不到答案。为了分散注意力，我开始学拉提琴。就这样面包店里多了一个故事，每天深夜人和老鼠不再有安稳的日子过了。我对音乐偏爱至极，自然会是一个狂热的音乐学习分子，然而意想不到的事情发生了。

有一日晚上，我的在戏院乐队供职的提琴老师趁我出去的时候，私自打开了我没上锁的钱匣，然后他的口袋里装满了我的钱。刚好在这时我回来了，他顺从地把他刮得发青的脸伸到我面前，说："打吧！"

泪水沿着他呆滞的脸颊流下来，两片唇抖动着。

居然敢做出这等卑鄙之事，我真想狠狠揍他一顿！我强压住心中的怒火，握紧的拳头放在屁股底下，命令他乖乖把钱放回原处。这个可恶的家伙临走时突然高声叫道："给我十卢布吧，能吗？"

琴师拿完钱走了，学琴的事就此结束了。

这一年的十二月，我已下定决心要自杀。

为解释我自杀的原因，我特意写了一篇名为《马卡生活中的事变》的文章。但是文章写得糟糕透顶，内容缺乏真实性，不过也许正是这一点构成了文章独有的价值。里面描写的事件即便客观存在，但仿佛这一切也与我没有任何的关系。哎，即使这样，我对自己有一点还算满意，我能在一定程度上把握自己了。

我的自杀居然和我的文章一般笨拙，那只旧手枪并没有穿透我的心脏，而是穿过了另一个部位——肺。这样一来，仅仅一个月的工夫，我就羞愧地返回面包坊的岗位上了。

我干了没多久。在三月底的一天夜里，我在女店员的房间见到了一个熟悉的人——霍霍尔[①]。他在窗边坐着，嘴上吸着粗大的纸烟，两眼望着眼前的烟雾。

---

① "霍霍尔" 原文意思是头上留的一撮毛，是乌克兰人的发型。帝俄时代俄罗斯人对乌克兰人的卑称。

"您有空儿吗?"他说话直截了当,没有说一句客套的话。

"二十分钟吧。"

"那么,请坐。让我们谈一谈。"

我跟过去,他和常人没什么区别,一副哥萨克人的打扮,金黄色的耀眼的长胡须垂在宽阔的胸前,任性执拗的脑门上齐齐的短发,脚上那双农民靴子发出难闻的臭胶皮味。

"哎!您想不想到我那儿去?我现在住克拉斯诺维多渥村,顺伏尔加河走估计四十五里,我开了一家小杂货店,您能够帮我卖卖货,您能够随意翻看我的书。"

"好吧。"

"真爽快!那么请您周五早晨六点到库尔巴托夫码头,问从我们村来的船,船家是瓦西里·帕柯夫。嗨,但事实上您不用操心,到时候我会在那儿等候您的。再见!"

他很快结束了我们的谈话,一面伸出那双大手和我告别,一面从兜中取出他那块笨重的银表说:

"我们只谈了六分钟!对了!我叫米哈伊洛·安东诺夫。姓罗马斯。"

然后就迈开大步,甩着膀子,头也不回地走了。

大概过了两天,我去赴约。

那时,刚解冻的伏尔加河面非常混沌,河面上漂浮着数不清的不堪一击的冰块儿。船咔嚓咔嚓地在这些冰块间穿行,冰块被撞得四分五裂。满地溅起随风飞舞的浪花,太阳的光芒映射在玻璃一样的冰块上,异常漂亮。这时我们的船扬起帆顺风而行,船上载着各种各样的货物:木桶、袋子、箱子。

舵手潘科夫是个钟情于打扮的年轻农民,羊皮衣上绣着形状各异的漂亮的花纹。他看上去挺温和，眼神有些冷漠，不善言语，又不大像农民。他的雇员库什金倒是个地地道道的农民。

库什金头发蓬乱，身穿破旧大衣，腰里系一根绳子，头戴一顶皱皱巴巴的神父帽，外加一脸的伤痕。他用他那并不好的撑船技艺撑船，一面用长篙拨着冰块，一面辱骂：

"去一面去……往哪儿滚……"

我和罗马斯并肩坐在箱子上，他压低声音说：

"农民都憎恨我，尤其是富农！我担心会拖累你的。"

库什金放下长篙，扭过那张青一块紫一块的脸说：

"你说的是对的，他们最恨你！神父也最厌恶你！"

"的确是这样。"潘科夫又加以证实。

"神父这样容不下我，就像我是钻进他眼里的沙子！"

"虽然有许多人恨我，但也有许多人欣赏我，我相信我和您也会成为好朋友的。"罗马斯这样说。

三月天即便阳光充足，但依旧春寒料峭，并不暖和。河面上浮动的冰块像牧场上一群群的白羊，树枝还没有发芽的迹象，有些沟坎、角落里依旧有没融化的白雪，感觉像梦一般奇妙。

库什金一面装烟斗，一面发表自己独特的见解："就因为他是神父，即便你不是他太太也得照着主的旨意去爱他。"

"你的脸是怎么回事？"罗马斯有点故意讥讽似地问他。

"噢，是被流氓地痞们打的，"库什金漫不经心地回答，他又话锋一转说，"不，不是这回事。有一次，我被炮兵们打得头破血流！我都庆幸我居然能活着回来。"

"他们无缘无故为什么要打你？"潘科夫问。

"你指的哪一次？"

“哪一次？就昨天那次吧！”

“我也不清楚为什么？我们那儿的人就是这样，为针尖大的一点事，都能气势汹汹地对着干起来！打架是常有的事。”

“要我说啊，都是你这张嘴惹的祸，你的嘴太笨了……”罗马斯说。

“就算这样吧！我这人就是爱打听别人的事，一听到什么新闻，我就乐开花了。”

这时，船突然撞在了冰块上，几乎把他摔下去，他急忙抓住长篙。潘科夫责备他道：

“我说斯捷潘，你撑船就不能用点心？”

“那你就不要和我说话了，我也不想一心二用，既要工作，又要注意你的问话……”库什金拨开冰块，嘀嘀咕咕着说。

两个人你一言我一语争论着。

罗马斯转过头来对我说：

“虽然这儿的土地没有乌克兰肥沃，人却比乌克兰的人聪明得多！”

我认真地听他讲，我被他稳重的作风和说话时的伶牙俐齿所折服。我觉得这个人不仅学识渊博，并且做事也有分寸。

令我开心的是：他从未提及我自杀之事，他毕竟和别人不一样，要是别人早问这事了。我一直都在回避这个问题，我不知道该怎么回答。连我自己也不知道我为什么要干这样的蠢事。罗马斯要是向我发问，让我怎么答复呢？抛开这件烦心的事吧，看！漂亮的伏尔加河多么宽广，多么自由！

由于船都是靠右行驶的，河水左面就看起来十分宽阔，河水将岸边的青草都淹没了。春汛已开始了，看着河水的起伏，汹涌的波涛让人心情轻松了许多。

晴朗的天空下，几只黄嘴鸦披着黑亮的羽毛忙着筑巢，向阳的地方令人欢喜地长出了嫩嫩的新绿。空气微寒，但心却是暖融融的，就像春天的土地孕育着新的希望。春天真令人沉醉。

中午我们来到一个漂亮的村庄，这就是我们此行的目的地。过去我曾坐船经过这里，用心欣赏过这里的美景。

高山上有一座蓝色圆顶教堂，那边成了克拉斯诺维多渥村的制高点，从教堂沿山坡而下是一幢幢造型别致又非常牢固的小木屋。黄色木板房顶和锦缎似的草房顶在阳光下熠熠生辉，一幅多么漂亮的田园光景。

船靠岸后我们开始卸货，罗马斯这时对我说：

“您力气可真大啊！”

然后，又随口问：“胸还疼吗？”

“没有感觉了。”

我非常感谢他细心、体贴的关怀。因为我不想让这些农民知道我的过去，我不堪回首的过去！

“你的劲儿太大了吧！”库什金吃了一惊地插了一句，“年轻人，你是哪个省的？没准儿是尼日高洛德的！人们都笑你们是靠水为生的，有一句话说得好：‘你看今天水鸥往哪儿飞，这就是你们靠水为生的最有力的证据。’”

山上走来一个又瘦又高的农民，他赤脚，一身衬衣、衬裤，卷胡须，头盔一般的红发，踏着松软的土地在无数条银光闪闪的溪水间大步前行。

快到岸的时候，他热情地向我们大声呼喊：“欢迎你们！”

他四处望了望，拾起两根木棍，让木棍的一头搭在船舷上，然后轻轻一跃身上了船。他对我们说：

“抓牢木棍，别让它滑下去，再把桶顺着它们滑下去。来帮个忙！年轻人。”

他红脸膛，高鼻梁，海蓝色的双眸，挺漂亮，力气很大。

“耶索尔特！小心别着凉！”罗马斯关心地说。

“我很好，不用担心！”

油桶滚上了岸，耶索尔特仔仔细细打量了我一番道：

“你是来当售货员？”

“你们就比试一番吧！”库什金建议他。

“哈！你怎么又受伤了？”

“没法子啊！”

“谁打的？”

“打人的小子们……”

“唉，真拿你没法子！”耶索尔特叹了口气，对罗马斯说：

“车即刻就到。我老远就看见你们了，你们的船划得真不错了，你先回去，我看着。”

耶索尔特对罗马斯的关怀是很明显的，看上去他要小罗马斯十岁，但这就像并不影响他对罗马斯的关心。

半小时后，我走进了一间整洁、温馨的新木屋，新房子里还挥发着木屑的气味。罗马斯从提箱里取了几本书，放到壁炉旁的书架上。

一个长得很漂亮的女人，手脚利索地准备饭食。

“您住阁楼上。”罗马斯告知我。

站在阁楼上能够看到半个村的风景，我住的这幢房子正对着一条山沟，山沟里的林木中闪出一些浴池式屋顶。山沟里满地是果园和耕地，它们错落有致，一望无际，和远天的森林连成一片，非常壮观。

一个穿蓝衣的农民站在那个浴池式屋顶上，他一只手拿着斧头，另一只手搭在前额上，注视着伏尔加河。牛车震耳欲聋，牛累得气喘吁吁，潺潺的小溪水欢快地流淌着。这是只有在农村里才能看到的漂亮光景。我爱这里的一切。这时一个穿黑衣的老太太从小木屋里走出来，又把头对着木房门狠狠地说：

“这群该死的！”

原来是两个顽皮的孩子用石块和泥阻拦溪水，他们听见老太太的叫喊，一溜烟地跑开了。

老太太从地上拾起一块木板，在上面吐了口唾沫，把它丢进小溪里，不知这样做到底是什么意思，然后她又用穿着男式靴子的脚把孩子们的杰作捣毁，直接向伏尔加河走去。

“我该怎样在这里生活下去呢？”

他们喊我下楼吃饭。楼下耶索尔特正伸着他紫红色脚底儿的长腿，坐在桌边讲话，我一出现他立刻停止了说话。

“你怎么想？接着说下去！”罗马斯皱了一下眉头对他说。

“既然大家没有什么意见那就这样定了吧。我们一定要提高警惕，你出门了，一定要带枪，要不就带木棒。和塔林诺夫说话要小心，他和库什金有一个通病，比女人还会嚼舌根。喂，我说小伙子，喜不喜欢钓鱼？”

“不喜欢。”

然后，罗马斯说一定要与苹果农团结在一块，以摆脱大买办的控制。耶索尔特听完后说：

“村里的富农土豪们不会让你过安稳日子！”

“等着看吧！”

“我敢肯定他们不会！”

我觉得：耶索尔特和卡洛宁及萨罗夫斯基[①]笔下的农民形象如出一辙……

我有种感觉：会不会从现在开始，我要投身革命干一番大事了？

饭后，耶索尔特又叮嘱罗马斯：

“米哈伊洛·安东诺夫，不要着急，慢慢说嘛！”

他走后，罗马斯若有所思地说：

“他这人聪明、能干、可靠，上进心也很强。可惜不怎么识字，希望你能多给他一些帮助。”

他这人办事儿真是果断。当天晚上就向我交代杂货店里各种物品的价格，借着这个机会，他还对我说：

“单从价格来说我们的货低于另外两个店，这件事令他们很不满，最近他们扬言要教训我一顿。我来这儿不仅仅是为了舒服或赚钱，就如你们在城里开面包店是一样的……”

我说这一点我懂。

“人民迫切需要得到知识，都快愚蠢了，你说呢？”

我们进了门，在铺里走来走去，突然听到外面街上有很响亮很混乱的脚步声，他一会儿踩踩泥水，一会儿蹦上店铺的石阶用劲踏几下。

“有人在走动！听到了吗？他是梅戈，是个专爱干坏事的光棍儿，就像风流女人爱卖弄风骚一样。不仅仅他，还有其他人，您以

① 谢拉菲姆·萨罗夫斯基（1760—1833），20世纪初被东正教会尊为圣徒。

后和他们说话都要当心点……”

我们在他的卧室里进行了一场严肃的谈话，罗马斯背对暖炉，喷云吐雾，慢慢进入主题，他直截了当地说，他知道我在浪费自己的时间。

“您很有天赋，意志坚定，对未来满怀希望，总爱读书。这很好，但不要让书本成为你和四周人的障碍。我记得有个名人说过：‘经验取之于己。’这话说得好。直接获得经验尽管比间接的痛苦、残忍，但这样得来的东西会让你受用一生。”

然后他又开始了长篇大论，他所说的那些道理我都不知道听了多少遍了，让农民醒悟是最重要的问题……但在这些老话中，我听到了更深一步、更具有说服力的思想。

“大学生们嘴上总挂着爱人民的口号，却没有做出具体的行动，我早就想对他们说：人民不能爱……”

他满面笑容，目光却很犀利，在屋子里走来走去，精神抖擞地说着：

“爱意味着宽容、怜悯、谅解和袒护。对女人能够这样！对人民可不行。难道我们能够宽容人民的愚昧无知，并对他们的混沌思想视而不见吗？我们怎么能够怜悯他们卑贱的行为，并对他们的粗鲁行径毫无原则地谅解呢？不行吧？”

“当然不行！”

“你们城市人都爱读涅克拉索夫的诗，要我说仅仅凭借一个涅克拉索夫是不够的。我们应该去做农民的工作，告知他们，他们不该再过这样卑贱的生活！你们甚至不如牲畜会照顾和保护自己，为什么不努力改变现状，让生活变得越发美好、越发开心呢？农民并不代表一无所长，那些贵族、神父，甚至沙皇，追究到他们的原始出身，都是农民。你们应该知道怎么做了吧？好了，好好生活吧，谁也不能来践踏你们的生活……”

他叮嘱厨房准备茶炊，然后他让我看他的书架，上边的书排得满满的！大都是自然科学类著作，如莱伊尔、哈特波尔·勒奇、拉波克、奇罗、穆勒、斯宾塞、达尔文等人的作品。

还有本国作家的作品，包括杜勃罗留波夫[①]、车尔尼雪夫斯基、普希金、冈察洛夫、涅克拉索夫等大作家之作。他用宽阔的手抚摸着他心爱的书，轻声低语：

“这全是好书！这本书很有价值，是禁书。你能够瞧瞧，从书中您能够知道到什么是国家！”

这本书是霍布斯[②]的《巨兽》。

“这儿还有一本，也是有关国家的，并且比那一本越发有意思！”

他递给我一本马基雅维利的《皇帝》。

我们喝茶的功夫，他简单地介绍了一下自己的经历：

他家在车尔尼郭夫省，他父亲是个铁匠，他自己在基铺车站工作过，就在那个时候和革命者们有了接触。以后他因组织工人学习小组被投进监狱。坐了两年牢房，又被流放到亚库梯十年。

“那会儿我和亚库梯人住在宿营地，我都绝望了，那儿的冬天真是糟透了，连脑子都冻得不好使了，当然了，在那儿有脑子也派不上用场。以后我又遇见了几个俄罗斯人，虽说不多，但总算有了！仿佛上帝知道我太孤单，特意派他们来一般。他们都是非常好的人。

“我认识了一个叫乌拉基米·柯罗年科的大学生，他现在也

---

① 杜勃罗留波夫（1836—1861），俄国革命民主主义者、文艺批评家。

② 霍布斯（1588—1679），英国哲学家和政治思想家。

回来了。我和他过去很要好，由于有一些意见分歧，没能成为很好的朋友。他思想深沉，多才多艺，还会画圣像，听说现在混得不错，时常给书刊、杂志撰写文章。”

罗马斯和我谈了很久，一直说到半夜，我知道他的心思，也感受到了他亲切的友情。这一切对我来说都是多么的有益呀！

第十三章

自从我自杀未遂后，我心境悲凉，还失去了活下去的勇气，那段不光彩的历史让我非常羞愧。

罗马斯明白我，他细致、体贴地引导我走出心里的灰暗期，给我展示美好的前程，给我光明、希望和接着生存的勇气。

这是我生命中值得怀念的日子。

礼拜天，小铺一开门，做完弥撒的村民们就来小铺聚会了。第一个到来的是马特维·巴里诺夫，他浑身脏兮兮的，鸡窝一般的头发，长臂猿一般的胳膊，奇怪的是，却长着一双漂亮的女人眼。

他兴高采烈地向大伙打招呼，还随口问了一句：

“进城有什么消息吗？”

不等人回答，就转向库什金大叫：

“斯捷潘！一只公鸡被你该死的猫吃掉了！”

他以迅雷不及掩耳的速度掀动双唇，不负责任地说着谎话，说什么省长去彼得堡朝拜沙皇去了，他此行的意图是把鞑靼人迁到高加索和土耳其斯坦去。他赞美省长说：

“他是个聪明官儿！很会做事……”

“我敢打赌，你十句话里有八句没影子的事。”罗马斯冷静地说。

“你凭什么说我说谎？”

“我也不清楚……”

“安东内奇，你怎么如此不信任人呀？”

“哎，我挺为鞑靼人担忧的，他们肯定不能适应新环境！”巴里诺夫有点儿不高兴地反驳了罗马斯一句，又感叹地说。

然后出现的是一个矮个老头，身上穿着一件像是捡来的哥萨克式破旧外衫，菜色脸、黑嘴唇，左眼看起来尤其犀利，白眉毛由于伤痕被斩成了两截，还不断地颤动着。

“哎呀，梅戈先生很风光啊，昨晚上又偷了点什么？”巴里诺夫讥讽地说。

“偷了你的钱。”梅戈毫不在乎地大声说，一面还向罗马斯脱帽致意。

这时，潘科夫正走出院子，他是这间店铺的房东，他依旧这么衣冠楚楚。上身短西服，系着红领带，脚上一双胶皮鞋，胸前垂着一条马缰绳一般的银链。他见了梅戈气愤地叫着：

“你这个老魔鬼！你要再钻进我的菜园，我就打断你的腿！”

“你就只会这样说，不能有点其他的吗？”梅戈面不改色心不跳地答复着，然后又很无可奈何地说道：

“我看你不打人就活不下去！”

潘科夫气得破口大骂，梅戈不慌不忙又加了一句：

“你能不能不说我老呀！我才四十六……”

“然而，去年圣诞节你就五十三啦！”

巴里诺夫发觉新大陆似的尖叫道，“你自己说的你五十三了，现在怎么又不承认了？”

接下来出场的是表情严肃、络腮胡须的索斯洛夫和渔民耶索尔特。到目前为止，小铺已聚集了十几个人。罗马斯低头吸着烟听农民聊天，农民们分别坐在小铺台阶和门口的长凳上。

这个季节即便气候依旧有些变化无常，但呈现在小村之中的景色已是非常迷人了。那以往被严冬冻结了的天空解冻了，几片飘浮的云彩在大地上的溪水和水洼间飘飘摇摇，形成变幻的云影，忽而明媚照人，忽而温柔可人，使人心情极为畅快。

我透过小铺门口看着街上流动的风景：打扮得花枝招展的姑娘们，惹人醒目地穿过这里奔向伏尔加河河岸，她们跨过水洼时撩起裙角儿，露出她们拙劣的靴子；小孩们扛着长长的渔竿一本正经地去河边垂钓，也打这里跑过去了；一群老实厚道的农民走过这儿时，往店铺瞅瞅，一言不发地摘一下头上的小帽子或大帽子。

梅戈和库什金冷静地分析着一个不太容易解答的问题：商人和地主哪个心更狠？他们二人各执己见，库什金说是商人，梅戈说是地主，两个人争执不下，梅戈洪亮的声音盖过了库什金不太流利的讲话。

“有一回，芬格洛夫他爸抓住了拿破仑的胡须，芬格洛夫听到消息赶过来揪起两个人的后脖领子，准备把他们分开，谁知用力过猛两人脑袋碰脑袋，大事不妙，两人全没命了。”

“我相信你这样碰一下，也准没命了！”库什金同意地说，然后又坚定自己的观点：

“还有一点，商人要是贪起来可比地主厉害多了……”

仪表堂堂的索斯洛夫坐在台阶上埋怨说：

“米哈伊洛·安东诺夫！老百姓真是没法活了。过去给地主老爷们做活儿，时间都被占用了，根本没有闲工夫……”

“你干脆就送上一份请愿书，要求复辟农奴制得了！”耶索尔特抢着说道。面对这一切，罗马斯一句话都没说，他看了一眼耶索尔特，然后在栏杆上磕了磕烟灰。

我认为罗马斯到时候会发言的，因此就认真地听着农民的闲谈。可我觉得罗马斯在故意放弃讲话的机会，他就像漫不经心的模样，坐在那儿望着天空变幻的云彩和地上被风吹皱的水洼。

这时伏尔加河上的轮船发出震天动地的吼声，河边飘来有手风琴伴奏的姑娘们清脆悦耳的歌声。

一个醉汉东倒西歪地沿街向前走着，他打着饱嗝，双脚慌忙地往水洼地走。村民们的争论慢慢平息了，大家都有点闷闷不乐的，我的心情也不好。

云彩越积越厚，暴风雨来临前的征兆，农村沉闷的生活让我不禁留恋起都市生活来了，我怀念城市里永不休止的躁动、嘈杂的声音，街上川流不息的来来往往的人群以及工人们的健谈和他们爽朗的笑声。

借晚上喝茶的时间，我把自己的困惑说出来，问他什么时候准备和农民们进行交谈。

“谈什么？”

“嗯？如果我和他们在大街上谈这些事，肯定会再被流放到亚库梯……”他认真、仔细地听了我的想法后对我说。

罗马斯装好烟斗，又开始抽起烟来，他开始分析农民的处境以及心态：

“农民胆小怕事，怕自己，怕邻里，最怕外地人，总而言之谁都怕。

“农奴制废除还不到三十年，四十岁以上的农民一出生就是奴隶身份，他们对奴隶所过的日子牢记于心，但对自由却无从知晓。

“现在你简单地对他说，自由就是按自己的想法去过自己想过的日子，然而他们又会说，地方官老爷每时每刻都在监督我们的生活，我们怎么能够随心所欲地生活呢？

“他们被沙皇从地主手中搭救出来，自然沙皇就成了他们唯一的主子。自由是什么东西，沙皇会颁布圣旨说得清清楚楚的！老百姓们相信并且敬仰沙皇，他们打心眼儿里认为沙皇是全国土地和财富的所有者。

“他们甚至认为沙皇既然能够把他们从地主那儿搭救出来，也就能够从商人手中夺回商店和轮船。

“他们打心底里拥戴沙皇，他们否定全部地方长官，唯独认可沙皇。他们甚至幻想有一日沙皇降一道旨：各取所需。想拿什么拿什么，想要什么要什么。

“他们一直在为了这一天而努力活着，害怕误了这个大喜的日子。然后就产生了这样的顾虑：僧多粥少，怎么拿呀？

“话说回来，还有那些贪得无厌的地方官老爷呢，他们憎恨农民，就连沙皇也不例外。

“然而你没有地方长官也不成，因为到时候人们会抢红了眼，大打出手的。”

窗外已下起了小雨，透过窗户望见满街的雨水和灰蒙蒙的水汽，我的心如天气般沉郁，罗马斯喃喃自语道：

“我们要做的就是唤醒老百姓，用知识驱散他们的愚昧，让他们认识到一定要从沙皇手中夺取政权，告知他们地方长官应该从民众中产生，这长官包括：县警察局长……省长和沙皇……”

“这时间可就长啦，起码要一百年吧！”

“莫不是您计划革命在三一主日（亦称圣三主日，是东正教十二大节之一，在每年耶稣复活节后第五十天）前成功吗？”他故意煞有介事地说。

晚上也不知他到哪里去了，十一点左右我听见一声枪响，枪声很近。我赶紧冲出大门，正看见罗马斯向店铺走来。他镇定自若，安如泰山，不慌不忙地绕着街上的水洼走着。

“您怎么出来了？我打了一枪……”

“打了谁？”

“有些人拿着棍子来打我，我警告他们，但是没有用。我只好朝天鸣枪，吓唬他们的，不会伤到人……”

他在门廊下脱了外衣，摸着湿漉漉的大胡须，像马一般的喘气。

“我这双鞋子都破了！该换一双了。您会擦手枪吗？帮忙给擦擦，要不就生锈了……”

我被他的神态自若、坚定沉着所折服。他走进卧室一面梳理胡须一面告诫我说：

“您去村里可得小心点儿！尤其是节日或礼拜天，或者晚上，他们肯定也打您！

“但是，为了不要激怒他们，您出门别带棍子，不要让他们认为您胆小怯懦，也没这么恐怖，您别怕！他们才是胆小如鼠呢……”

逐渐的我熟悉这儿的生活了，罗马斯天天都有新消息，我静下心来读那些自然科学类书籍，罗马斯常常在一边多加指导：

“马克西莫维奇！我看最好您先弄明白这个，这里边有人类最最聪明绝顶的智慧。”

耶索尔特每周要来我这三次，一般都是在晚上，我教他识字。

开始他对我所教的东西不太相信，时常露出轻蔑的笑容，几次课后他改变了对我的最初印象，友善地说：

“小伙子，你真行！你当正式老师都没问题了……”

他甚至设想：

“看你的模样像是很有力气，咱们比试一下拉棍行吗？”

从厨房找到一根棍子，我们两人坐在地板上，脚抵脚，僵持了半天，也没能分个高下。罗马斯在一边兴高采烈地为我们助兴：

“啊，好！加油！加油！”

最后，我输了，我和耶索尔特的关系一下子拉近了好多。

“这没什么，你已够棒了！”他劝慰我说，“哎，可惜你不爱打鱼，要不然咱俩就能够一块去伏尔加河打鱼了，伏尔加河的夜色比天堂还要美丽！”

耶索尔特很爱学习，进步也神速，连他自个儿都感到不可思议。

有一回上课，他从书架上随便抽出一本书，用劲儿扬着眉毛，费力地读了两三行，然后兴高采烈地对我说：

“嘿！真不敢相信！我能读书了！”

然后他又闭着眼背诵下面的诗句：“就像母亲呜咽在孩子的墓前，一只山鸡在悲凉的旷野上哀鸣……你觉得怎样？”

他曾十分好奇地向我发问好几次：

“老弟！你能给我讲讲这到底是怎么回事吗？仅仅一些简单的黑线啊，怎么摇身一变就变成优美动听的语句了呢。我也能读明白它们，和我自己平时说的话没多大差别。

“我怎么会明白呢？又没人提醒我？要是一张画，看明白十分简单，可这些人们的心里话就这样被表现出来了，你说奇不奇怪？”

我不知该怎样回答他，告知他我也不知道，他看起来疑惑不解。

“这就像魔术！”他疑惑不解地叹了口气，把书页对着灯光看了又看。

他就像个孩子一般天真、好问，就像许多小说中描写的可爱的农民形象。耶索尔特有着乡村渔民的共同特点：富有诗情画意，纯洁浪漫，热爱伏尔加河，拥有理想。

有一次他仰头仰望蓝天时，深情而不解地问：

“罗马斯曾经说过星球上可能有我们的同类，你有什么看法吗？你相信吗？我说应该和他们交流一下，知道一下他们的生活情况。也许他们生活得比咱们好，也快乐得多……”

但事实上他对自己现有的生活非常满意。他是个孤儿，没有土地，无依无靠，以捕鱼为生，并且那样地热爱捕鱼！不知怎么回事儿，他和农民们的关系就十分不好，他曾告诉我：

“别看他们表面上随和、老实，但事实上非常狡猾和奸诈！千万别相信他们，他们刚才还和你交好，一会儿就变了卦，他们都是自私自利的家伙，不肯为公益事业牺牲一点点自己的私利。”

耶索尔特的性格也有两面性，本来他是一个温情的人，但是当说起乡村里的土豪时他居然满腔仇恨：

“土豪为什么就该比农民富有呢？是由于他们聪明吗？

“老百姓要是机灵点儿，就该牢牢记住‘团结就是力量’这句话。但是你瞧瞧，整个村子被他们弄得一盘散沙。没法子，他们就会瞎胡闹，到头来自个害自个儿。罗马斯他们日夜操劳……”

耶索尔特人长得很帅气，称得上美男子，又很会在女人中间周旋。

“我毫无法子，都是让女人们给惯坏的，”他自责地说，“这着实是对那些丈夫们的大不敬，换了我也会气愤的。但是女人们又是那么让人怜惜。她们的生活没有快乐与温情，淡如白水，真不是人过的日子。丈夫们没工夫爱她们，这个重任就由我来承担了。

“许多的女人在刚结婚那年就挨了我不少打，我承认我这样干是不对的，由于我和她们有点太出格。

“我现在只有一个心愿：让那些女人们都快活，不要再互相争风吃醋！

“在我眼里，你们都是惹人怜惜的……”

他居然有点羞涩地笑了笑接着说道：

“有一次我几乎和一个从城里到乡下来游玩的官太太好上了。

“她有着牛奶一般白嫩的脸蛋，软软的浅黄头发，浅蓝色的小眼睛。

“我借她向我买鱼的机会，紧紧地盯着她，她向我发问：‘你为什么这样看着我？’我说：‘您自己清楚！’‘那好吧，我晚上来你这儿。’

“她果然如约而至！但是蚊子太多，咬得她受不了，我们什么也没做成，她带着哭腔说：‘这该死的蚊子，咬死人了！’

“第二天，她那当审判官的丈夫就来了。

“这些官太太们太娇惯了，几只蚊子就能让她们的生活没法安宁……”他无奈地让他的讲话告一段落。

耶索尔特给予了库什金很高的评价：

“库什金真是个好心人！谁要是不爱他，才不合理呢！当然了，他有时爱饶舌，但是人无完人嘛，每个人都会有缺点的嘛！”

库什金是个地地道道的农民，但是他没有一分土地，他把仅有的房子租给了一个铁匠，自个儿却住进了浴池。他的老婆是个嗜酒的女佣，人长得矮小，性格却很暴躁泼辣。

库什金白天在潘科夫家里做雇工。他最是喜欢在外面散布小道消息，这些消息有些是道听途说听来的，有些却是为了凑数自己胡编乱造的。

“米哈伊洛·安东诺夫！你听说了吗？金可夫放着好好的警官不当，要去做什么修士。据说他是成天打老百姓打够了，不想再打了。”

罗马斯煞有介事地说：

“他要真这样想，那全国的长官们都该去当修士了。”

库什金一面甩手摘头发上的麦秸、干草、鸡毛，一面说：

“依我看，不会影响全国的长官，只要是还心存一点点良心的官员都是要受到惩罚的。罗马斯！你别不相信良心。如果有谁没了良心，那他就算有天大的本事也活不下去。好了，好了，我再讲一个关于女人的故事，你要不要听？”

他讲了一个绝顶聪明的女地主的故事。

“从前有一个女地主，她做的坏事不计其数，连省长都不得不管了。这位大人到她的府上，对她语重心长地说：‘太太呀！你还是稍稍收敛一下吧！再这样下去，您要在整个彼得堡扬名了。’

“女地主用美酒佳肴款待了省长大人，但是对他语重心长的劝诫却置若罔闻，她说：‘上帝保佑您一路平安！’

“但是三年零一个月后，突然有一天她宣布：‘为了向上帝赎清我所犯下的罪状，我决心把我所有的土地分给大家。’”

“去当修女。”罗马斯接茬儿说。

库什金喜出望外地望着罗马斯说：

“是，对的，她当了女修道院的院长！这样说，你听过这个故事？”

“没听说过。”

“那你是怎么知道的？”

“还有什么更好的结局呢？”

幻想家先生不满地嘀嘀咕咕说着：“我就说嘛，你什么都不相信。”

第十四章

库什金嘴里的故事，大都是一个模样的，坏人们做尽了伤天害理的事后，猛然悔悟，从那以后金盆洗手，后来又都良心发现做起了好事善事。并且通常的结局是：如垃圾丢进垃圾堆一般，这群坏人都被送进了修道院。

他的思维相当活跃，时常有一些奇思妙想，然后眉头一皱脱口而出："但事实上鞑靼人也不坏，不该被咱们镇压下去！"

这突如其来的一句话让大家吃了一惊，因为在他突然说出这么一句话之前，我们正在热烈地讨论着怎样建立苹果合作社的事儿，压根儿就没人提到鞑靼人。

罗马斯兴致勃勃地讲西伯利亚以及那儿的富农的日子时，库什金又愁眉苦脸地叨叨几句：

"我想要是人们停止捕青鱼，两三年之后，大量繁殖的青鱼会垒得和房子一般高！"

库什金被公推为最没有头脑的人，但是大家却乐意听他呆头呆脑的奇思妙想。他们全神贯注地听他胡说八道，就像是要从他编造的故事里得到点儿什么意外收获一样。

他被村里那些老实的正经的人们称作"假大空"，看来只有那个衣冠楚楚的雇主潘科夫对他有一个正确却又隐讳的评价：

"斯捷潘是个谜……"

前面说过库什金是个地地道道的农民，也有着农民善良纯朴的一面，农民会干的他都会干：箍桶、修炉、养蜂、木工、养鸟等样样精通。虽说他干起活来不是非常利索、没有那迅雷不及掩耳之速，但是凭借慢工出细活，他的每件作品都很令人满意。

他尤其爱猫，在他的浴池居室里养了十来只猫，他把它们养得很凶狠。并喂它们吃乌鸦，训练它们捕食家禽，因此，他可得罪了不少人。

附近人家养的鸡时常被他的猫咬死，家庭主妇们气急败坏地捉住猫就痛打它一顿。有时候会到他的浴池前怒骂，对此库什金却满不在乎：

“傻娘儿们！猫本来就有这样的天性，它捉东西比狗的本领还强。走着瞧吧，我要把它们训练得能够捕鸟，然后再繁殖几百只，最后把它们卖掉赚一笔钱，到时候拿钱去补偿你们吧！哎，你们这群傻娘儿们！”

库什金天资聪明，早年读过几本书，可惜也都忘得差不多了，他也没心思再学习了。所以就靠着那点儿小聪明过日子，对罗马斯的话他能够很快反应过来并抓住主旨：

“是啊，是啊，这样说，伊凡勒帝并不恐吓平民百姓……”他非常不满意，痛苦的表情就像是吃了一粒苦药。

晚上常来杂货铺的人就是这几个：耶索尔特、库什金、潘科夫，他们闲侃到午夜时分才肯离开。他们听罗马斯讲国际形势、讲异域风情以及其他国家人民的革命运动。

潘科夫最爱讲法国大革命。

“这才是天翻地覆彻底改变原有生活呢！”他很有见识地说。

至于这个潘科夫嘛，他当富农的爸爸脖子上长了一个大瘤子，有一双像青蛙一般鼓起的眼睛。说起来，潘科夫还是有点反叛精神的，两年前他以“自由恋爱”的方式娶了他的侄女——一个孤儿做太太，并另起炉灶和父亲分了家。

潘科夫管教老婆特别严厉，然而也让她和城市女人那样打扮。

富农爸爸对儿子的行为非常不满，为解心头之恨，每次路过他那儿都要狠狠地吐口唾沫。

潘科夫把自己的房子租给罗马斯，还盖了一座小杂货铺，引起了全村富农们的厌恶，但他表面上对此满不在乎，只有说起富农时，他才有点动气，对富农而言，他只有说风凉话的份儿了。

他非常厌恶这里的生活。

“要是我有一技之长，我早就离开这个鬼地方，去城里谋生了……”

潘科夫人长得本就十分帅气，又很考究着装，配上干净整齐的衣服，看上去就尤其体面。

他很有心计且多疑。

“你干这事儿是出于感性还是理智？”他时常这样询问罗马斯。

“你说呢？”

“还是你自己说吧！”

“你说什么好呢？”

“我不知道！你说吧！”

两个人僵持了半天，最后潘科夫出于无可奈何只有亮出自己的观点：

“这在我看来当然是出于理智最好。由于理智上行得通的事就能够办好。然而只一味地听从情感的支配就不一样了。感情用事，简单铸成大错。比方说我现在凭感情做事，就去放把火烧了神父的家，让他从那以后不敢再过问别人的闲事！”

谈到神父，由于他干涉过潘科夫父子之间的事，而使潘科夫对他深怀不满。神父是一个长得贼眉鼠眼的凶老头。

在这方面，我对潘科夫也很不满意。记得我刚到这里的时候，他对我的态度很差，还像主人一般对我吆来喝去，尽管他很快改变了最初的态度，但我依旧感觉他不信任我，对我有所保留。

那段日子就像凝固的松脂一般，永远地留在了我的脑海中，令我很难忘记。我们在一间洁净的小木屋里，放下窗板，点上油灯，灯下那个大额头、短发的络腮胡须开始发表议论：

“生活会让人们逐渐远离野蛮……”

三个聪明的农民全神贯注地听着，各自有着不一样的模样：耶索尔特雕塑般坐在那儿，像是聆听着遥远地方传来的声音；库什金可没这么安分，他一刻也不间断地转动着，好像要将叮咬他的屁股的蚊子通通赶走；潘科夫则手捻胡须道：

“就是人民也要分阶级呀。”

潘科夫对库什金倒是挺好的，对他从不像对待雇工那样，并且他很欣赏这个雇工的怪异故事。

我为此感到非常开心。

每次夜谈回来，到了我住的阁楼，我就打开窗户坐下来远眺静寂的村庄与田野。星星透过云层发出淡淡的光亮，它们离我很远，距土地却很近。

天地间的黑暗和寂寥让我的心一阵阵地触动，心里开始胡思乱想起来，我感觉在广阔的土地上有着数不尽的村庄和我的村庄一般，甚至连它无边的静寂也没什么区别。

我的心情忽而悲壮，忽而忧伤，我被静寂的夜幕所包围，心里又慌又乱，像被无数只水蛭吸吮。我感到精疲力竭，一种莫名的恐慌袭上心头，在万物之中我是多么的渺小呀……

我非常不喜欢农村生活。别人和书本上的知识告知我：农村人厚道本分、身体强壮。然而在我眼前呈现的却是另一番光景：他们总有干不完的高强度的劳动，许多人累得病倒了，身体状况非常不好，根本说不上什么劳动的乐趣。

城市里的工匠或工人，总能从不是很轻的工作中找到乐趣，不像农村人成天愁眉苦脸地咒骂生活。

但事实上，农村生活也是错综复杂的，他们既要干农活，又要花许多心思处理邻里和同村人之间的关系，我甚至觉得他们无知到了极点。

村民们现在的生活一塌糊涂，人们整日惴惴不安，提心吊胆，互相猜忌，有些人真有蛇蝎心肠。

更让我困惑不解的是，他们为何如此憎恨霍霍尔、潘科夫以及我们这群人呢？我们不过是想改变目前混乱的生活状态罢了。

这样看来，相比于农村人，城市人就要好得多，他们通情达理，追求理想。我时常想起两个人来，他们是弗·卡洛根和兹·涅不依钟表工，兼修各类器械、缝纫机、外科医疗器具等。

这被作为招牌挂在一家钟表铺的门口，门旁边一扇沾满灰尘的窗户，每个窗户下都坐着一个工匠，就是招牌上写的那两个人。

弗·卡洛根的秃顶上长着一个大肉瘤，工作时总戴着一副放大镜，身体很好，总是面带笑容，手中捏着小镊子拨来拨去，干到开心时也唱唱歌。

兹·涅不依坐在他对面，黑脸、卷发，一只特大号的弯鼻子，两只铜铃般的大眼和少得可怜的一缕胡须，他骨瘦嶙峋，但很有精神，有时也会突然来一段男低音：

“特拉—达姆，达姆！”

收音机、机器、八音盒、地球仪等杂乱无章地堆放在他们身后，货架上的东西都是金属制品，房间里挂满了钟。

我非常喜爱这一切，很想瞧瞧他们每天都是怎样工作的。可惜我身材太高大了，挡住了他们的阳光，被他们毫不留情地赶了出去，然而在我离开时依旧无限向往：

“假使一个人能够无所不能，那真是一件再幸福不过的事了！”

我就欣赏他们这些人，能够修理各种器具，这才是人过的日子！

但是村里的生活却不是这样，我不喜欢，也不理解村民们怎样度日。

女人们见了面就只会讨论自己的疾病和生活的艰难，她们说什么“心发慌”，“胸口闷”，还有“小肚子痛”，逢年过节她们就坐在自家门口或坐在伏尔加河河岸，将各自的病痛和生活的苦闷加以宣泄。

她们脾气火爆，一点儿也不羞涩，不温柔，时常互相撒泼大骂。为了芝麻大点儿的小事几家人就能争吵斗殴起来，打断胳膊、打破头的事儿早已习以为常了。

更令人不耻的是农村小伙子对姑娘们毛手毛脚的，毫无礼貌可言。他们在田地里抓住几个风流的姑娘，掀起她们的裙摆，用裙角包裹着她们的头，再拿菩提树皮当绳子捆紧，这个游戏叫作“处女开花”。

这些姑娘们裸露着下身任凭他们欺凌，即便不断地咒骂，但明眼人都能看得出，她们并不厌恶的，似乎还很兴高采烈。她们真是不知羞耻，故意半推半就地往下解裙子。

更让人气愤的是，即便是在教堂里他们也敢为所欲为，晚祷时年轻小伙子偷偷从后面去捏姑娘们的屁股，就像他们专程为了这个来教堂的。

礼拜天，神父就此事提出警告：

“你们真无耻！不要来教堂里干这样的下贱事。”

“这儿的人对宗教不像乌克兰人那么虔诚。”罗马斯说。

“我看他们不过是想从宗教中寻求一种寄托和保护，根本谈不上是所谓的教民。那种忠诚教民所拥有的是对上帝毫无保留的爱，以及对上帝美德和权威的崇敬，压根就不会存在这些人的心中。

“不过，话说回来，这不见得是坏事，这样一来他们就能够相对简单地走出宗教，请记住：宗教能够毒害人民！”

村里的小伙子们还爱吹牛，也就是嘴上吹吹而已。他们和我晚上在街上遇到过三次了，他们想把我痛打一顿，可惜没有成功，不过有一回我不幸被他们的棍子点中了腿。我压根没把它当事儿，也没跟罗马斯说。以后他还是从我的走路的姿势上看出我挨了打。

“哎！您还是让他们打了！我早就劝告过您晚上不要出去的！”

第十五章

我并没有听从罗马斯夜间不要散步的劝告，而是时常顺着房后的菜园溜达到伏尔加河边上去，坐在柳树下，遥望那被太阳最后的一抹金黄色倾注的伏尔加河，以及夜幕笼罩下的河对岸的草原。河水缓慢地流淌，月亮无精打采地折射着太阳的光线。

我一向厌烦月亮，只因月光引起我的无限哀伤，在我看来它是不祥之兆，一看见它我就想哀号。当我知道月亮本身不发光，在它上面根本就没有生命存在时，我感到很高兴。

过去我一直幻想月亮是一个有生命的星球，在月亮上一切都是铜的，包括动植物，人和自然都不例外。我想象着它们的身体由三角形构成，都长着两条圆规般细长的腿，走起路来带着斋戒日教堂钟声一般的响声，它们对人类造成严重的威胁。

月亮上没有生命，这真是太好了。不过我一直有一个心愿，那就是让月亮自己发光发热，普照人间。

我爱这样在静寂的黑夜坐在伏尔加河岸边沉思。河水舒缓地流动成一条闪烁的亮带从黑夜中若隐若现地流来，又流向黑暗了。

在这种情况下，我的思想才真正变得聪颖而敏捷，白天脑子里杂乱的想法都被放逐了，那些用语言难以表达的思想不断涌现。

伏尔加河静止般寂寥。

黑漆漆的河面上浮着一艘轮船，船尾不时发出涓涓的水流声，跟一只怪鸟在抖动着沉重的翅膀一样。河对面杂草丛生的岸边透着一片灯火，水面上反射出的是渔民捕鱼时点燃的篝火闪现的漂亮光芒，这情景就跟一颗脱轨的流星误入河水一样，溅起无数朵巨大的水花。

从书本上获得的知识此时转变成一幅幅漂亮的画卷，心灵正在经历一场冗长的漫游，似乎飘动的夜风带我驶向远方，我的心愉悦极了。

耶索尔特跑来找我，夜色中的他越发高大、健壮了。

“你又跑这儿来了？”他似问非问地说，并在我旁边坐下，长久地思索着，目光凝视着伏尔加河，手中抚摸着漂亮的金黄色胡须。

终于他开口和我述说他的梦想：

“以后我要读许许多多的书，我还要教书育人！等我学有所成，我就沿着全国的河岸游历，看清世间一切，”随后他又说，“老弟，你知道吗？能把心里话痛痛快快地说出来，我是多么的兴高采烈！

“有时跟女人们说说，她们也能听明白。就像不久前，我遇上一个女人，她坐在我的船上向我发问：‘人死之后会是怎么样的呢？’我就不信什么天堂和地狱，你瞧她们不是也……”

他苦思冥想地想寻找一个合适的词语，最后说：

“有思想吗！”

耶索尔特习惯过夜生活，对于美的东西他尤其敏感，并善于用轻松委婉的腔调，就跟孩子讲梦话般描述人间的美好。

他相信上帝和其他人不一样，要不是由于害怕和恐怖，他会把上帝幻想成为高大俊美的老者，上帝是至高无上的，是天地间的造物主。但为何人间依然有假、恶、丑，是由于：

“他太忙了，人世间每时每刻都有许许多多的新生命诞生！铲除邪恶不过是迟早的事，不信咱们走着瞧！

“有一点我不太知道，干吗要弄出个耶稣来，我真不知道他能有多大作用，一个上帝就足够了！上帝根本就没有儿子，我觉得上帝是永生的……”

耶索尔特一直在专心地想他的心事，偶尔才感叹一声说：“噢！是这样……”

“你说什么呢？”

“没说什么，我喃喃自语呢……”

他又抬头远眺黑色的夜空，长叹一声：“生活是这样的美好呀！”

我很同意他的说法：“是啊，很美好！”

我们就这样肩并肩地坐在伏尔加河岸边，从黑夜坐到黎明，一动不动，任时光辗转飞逝。

伏尔加河水流在夜幕下就好比一条黑色丝绒带子般奔流不息，在天地相接处与银河相会。几颗大星星发出璀璨的光芒，在这个神秘幽深的夜色中，我们陷入了无垠的遐想。

那远处草原上的云层透出的粉红色光芒，是已拉开大门的朝阳女神，仿佛孔雀开屏般优美。

“太阳真神奇啊！”耶索尔特笑着自语道。

正是苹果花开的时节，村里满地都是一片片的粉红色，满地都飘着带苦味的香气，乡村的每一个角落里都充满了这样的香气，过去那股特有的油烟和大粪味儿也被冲得无影无踪了。

披着盛装的苹果树，从村里一直蔓延到田间，就像穿着盛装的姑娘们在迎接某个盛大的节日。

袅袅春风，朗朗明月，触动了人的情绪，微风掠过花海，花枝柔美地摇曳出阵阵簌簌的声响，就像整个乡村被亮蓝色的海水淹没了，并吹起大片大片的涟漪。

美妙的夜色中就应该有夜莺在歌唱。

白天的鸟儿们疯狂地啁啾，高空的云雀也温情地向大地献出美妙的歌喉。

每逢节日，姑娘和年轻女人们全都会出门，在大街上闲逛，她们仿佛小鸟一般不知疲倦地歌唱，脸上露出让人心醉的笑容。

我们的耶索尔特也在笑，也是醉醺醺的。这些日子他瘦了好多，双眼深陷却越发清秀俊美。

习惯了夜生活的他现在几乎都是白天睡觉，直到夕阳西下，才半梦半醒、摇摇晃晃地走在大街上。

为此，库什金友善地讥讽他。他面露羞愧之色，无可奈何地笑笑说："嗨！别提了！没有法子啊。"

然后又开心地说：

"总之，生活充满了甜蜜！你们不知道生活是这般的温馨！语言是多么的沁人心脾！那些美妙的话，让你回味无穷。如果人能死而复生，你最先会记得这些话！"

"你走着瞧吧！迟早有一日那些丈夫们会来教训你的！"霍霍尔友善地警告。

"打吧，也该打！"耶索尔特倒是个心知肚明的人。

村里每晚的必备节目之一就是梅戈那美妙动听的嘹亮歌声，实话实说，他真的有歌唱的天赋！他的歌声伴着夜莺的鸣叫，在整个村庄弥漫开来，漂浮在整个伏尔加河上空。

就由于他有这点益处，村民们甚至乐意宽恕他白日里的恶行。

周末的晚上，我们的店铺前就会聚集一群饭后散步的人，这已成了不成文的规矩了。这群人中每周必到的有索斯洛夫、巴里诺夫、克洛托夫、梅戈等人。他们坐下来一面谈论一面思索，一会儿走开几个人，又来了几个人，一般说来都要到午夜时分他们才肯离去。

偶尔碰巧也会有几个醉汉在这儿胡闹一番，主要是以可斯金为代表的退伍士兵们。可斯金吵得最欢，每次都捋胳膊、挽袖子，就像是一只好斗的公鸡。尽管他瞎了一只眼，左手缺了两个指头，但这对他嘎嘎地大喊大叫并不碍事：

“霍霍尔！这个混蛋教徒！土耳其教！我得问问你，为什么不去教堂？啊？为什么？你这个异教徒！坏东西！你究竟算哪种人？”

大家讥讽地逗着退伍兵：

“嗨！米什卡！你怎么开枪打自己的手指头？是不是被土耳其人吓破了胆啊？”

他愤怒极了，冲上来要和人家玩儿命，大家一块动手揪住他，就这样耳边只传来他发出的一声喊叫，再看可斯金，早就没头没脑地滚下山坡了，嘴里还不断地嚷嚷着：

“救命啊！出人命了……”

等到他满身肮脏地从臭沟里爬上来，就理直气壮地央求霍霍尔送他一杯伏特加。

人们质问送他伏特加的原因。

“这还不简单嘛，我给你们带来了乐子！”退伍兵的答案又引得大家好一阵哄笑。

又是一个周日的早晨，厨娘点好炉子去院子里，我在店铺看柜台，这时突然传来一声巨响，铺里的货架一阵抖动，玻璃器皿及窗玻璃都被震碎了，盛糖的铁盒子滚落在地上。霎时间稀里哗啦、乒乒乓乓地响成一片。

我赶紧向厨房奔去，瞧见厨房的浓烟正冒得欢呢，浓烟下似乎有什么东西在“哗哗”地爆响。霍霍尔紧张地抓住我的肩头：

“危险！您先别进去！”

厨娘吓得不知所措地哭了起来。

“哎！蠢婆子……”

罗马斯独自冲进厨房，当啷一声也不知撞倒何物，他恼怒地咒骂着并向门外喊：

“行了，别哭了，起来！拿水来！”

我走进浓烟滚滚的厨房，见地板上摆了许多冒着烟的劈柴，有的上面还在吱吱地蹿着火星，炉砖有几块震掉了，很显然炉膛已被清理过了，黑漆漆的什么都没有了。

我在浓浓的烟雾中好不容易摸到了水桶，用它浇灭地板上的火，随后顺手把一块劈柴丢回炉膛里。

“当心！”霍霍尔叮嘱我。

他拉着不知所措的厨娘到卧室去，并命令她：

“快去关上店门！”

又扭头警告我：

“马克西莫维奇！当心点！这里还有可能会爆炸呢……”

他弯下腰认真检查那些劈柴，顺便把我丢回去的那块抽了出来。

“您这是？”我疑惑不解地问。

“哎！您看呀！”

他递给我一块已被炸过的黑漆漆的圆柴火，我仔细一瞧，原来柴火里边已被挖空，并且被熏得焦黑。

“您知道了吧！这些可恶的家伙居然向柴火里灌火药！哼！可惜这一斤火药的威力不是太大！”

他一面愤怒地丢开柴火，一面洗手。

“还好阿克西尼娅没在厨房，不然后果真不堪设想了……”

浓烟逐渐消散了，厨房里一片狼藉，像是被土匪洗劫过。

霍霍尔的冷静让人匪夷所思，对这起阴险恶毒的阴谋他就像并不怎么愤怒。

街上满是看热闹的小孩儿们。

“霍霍尔家起火了！咱们村起火了！”

一个胆小的女人被吓得哭了起来。阿克西尼娅诚惶诚恐地从卧室穿过，拼命地大喊大叫：“米哈伊洛·安东内奇！他们冲进店铺来了！”

“哎！轻声点！”罗马斯一面说着，一面用手擦干他的胡须。

卧室那边的窗户已挤满了一双双惶恐、惊奇、神情复杂的眼，他们顾不得呛人的浓烟争先恐后地往店铺里望，不知是谁煽动性大声喊道：

“把他们赶出我们的村！时常出事！天啊，一群混蛋！”

一个小个儿、红发的农民，在胸前画了一个十字，然后试图爬进店铺，可惜他失败了，连同他右手里的斧头一块儿掉了下去。

罗马斯手持一块柴火，阴声地问他：“你想做什么嘛？”

“啊！我想救火……”

“这里并没有着火呀……”

农民震惊地张大了嘴巴，过了好一阵子才回过神，随后默然离开了。

罗马斯一脸平静地走到小铺门口，手中拿着柴火向大家解释：“不知道你们中的哪一位不小心在这根圆柴火里灌满了火药，并插到我家的柴火堆里了。可惜很遗憾，由于火药分量不够，所以没有多大杀伤力……”

我站在霍霍尔背后，看着门前睁大眼睛看热闹的人群。那个手握斧头的农民不满地说：“你干吗冲我摇柴火啊？”

醉汉可斯金又煽动起来：

“把他赶走！这个异教徒！把他移交法院……”

大部分人一声不响地紧盯着罗马斯，对他说的话半信半疑：

“想炸房子？这点火药哪里够？估计得一普特才成呢！好了，好了，大家回去吧……”

这时有人嚷道：“村长呢？”

“嗯，这件事得找村长！”

人群慢慢散开，有些人似乎恋恋不舍，像没过够瘾一般。

我们喝茶时，厨娘阿克西尼娅很是细心和殷勤，她为每个人上茶，并非常抱怨地对罗马斯说：“您总是容忍他们，这等于放纵了他们，不然他们怎么敢这样胆大妄为呢？”

“您似乎毫不为这事动气？”我也困惑地问。

“我没有时间和精力为这些傻事气愤，再说也没有这个必要。”

我暗自佩服罗马斯的冷静与心胸宽阔，心想：

“倘若每个人都像罗马斯这样毫无畏惧地做自己的事，那该多么的好呀！”

罗马斯说近期他要去一趟喀山，问我，需要带些什么吗？

我觉得他跟一台机器一样，他有着钟表一般的性能，只要上满发条，它就会永远地运转下去。

我非常敬重他，欣赏他。可我私下里总有个希望：他能够对某些人发火气愤，甚至跺着脚骂大街也好啊。但我知道这不可能。每当遇到上述柴火事件之类无耻卑鄙的举止时，他顶多眯起那双灰眼，说上几句刺耳的话，就不再追究了。

比如说吧，他说索斯洛夫：

“您都这样大岁数了，为何干事还昧着良心呢？”

把这老头说得恨不得白胡须立刻变红。

“您知道，做这样损人不利己的事，会使您失去诚信。”

索斯洛夫点头认可：

“是的，对我没有任何益处！”

事后，索斯洛夫对耶索尔特提到霍霍尔：

“他确实是个有领导才能的人！如果让这样的人当官就好了……”

罗马斯极其简单地告诉我，他去喀山后，我应该做的事。看来他早就把火药事件忘得干干净净了，跟想不起被蚊子叮咬过一样。

潘科夫跑来察看现场，关心地问道：

“吓坏你们了吧？”

“嗨，没什么可怕的！”

“这是一场暗斗！”

“得了，喝茶吧！”

“我太太在家等我呢。”

“你从哪里来的？”

“渔场，耶索尔特那儿。”

他转身离开，路过厨房时又叫喊了一句：

“这是一场斗争！”

我一直好奇，潘科夫和罗马斯之间似乎有一种很浓厚的默契，由于他们说话都非常简单，其他的话不用多说他们就心领神会了。

我还记得有一次，罗马斯说完伊凡勒帝时代的历史故事后，耶索尔特先说：“这个沙皇真差劲！”

“真是个屠夫！”库什金脱口而出。

只有潘科夫非常坚定地说：

“他杀掉大地主，却让许许多多的小地主取而代之，还苦心孤诣地请来一批外国人，这样错误的做法，真让我看不出他有什么过人的本领。

“从某种意义上讲，小地主比大地主更可恶，就拿苍蝇和狼来说，苍蝇用枪都打不死，比狼更让人厌恶。”

库什金一面提了一桶泥砌炸坏了的砖，一面说道：

“这群坏人的想法着实是太愚蠢了，连自己身上的虱子都炸不死，居然还想炸死人！

“哼，咱们走着瞧吧！

“对了，安东内奇！你以后别一次搬回这么多货了，采取少货多运的法子。否则的话，看着吧，他们现在可在势头上，你又有非常任务，再来上一把火，可得小心飞来横祸呀！”

所谓“非常任务”就是我们前面提到过的苹果合作社，由于这事，触怒了村里的富农。霍霍尔依靠潘科夫、索斯洛夫和其他几个知情人的帮忙，很快就把这事办成了。许多农民也改变了以前对罗马斯的敌对态度。这从杂货店里买东西的人数持续增多就能够看得见。

这次活动方式多样，赢得了大多数村民的同意，就连巴里诺夫和梅戈这样的无耻之徒，也来为霍霍尔加油呐喊了。

我越发爱梅戈了，尤其爱听他优美哀怨的歌声。他唱歌时极为陶醉并且全神贯注，双眼用劲儿闭着，沧桑的脸庞也忘记了颤抖。

在浓云密布没有月色的夜晚，时常能听到他优美的歌声。

一天傍晚，他轻声邀请我：

“到伏尔加河上走走吧！”

第十六章

等我来到岸边时，见他已独自坐在船尾，两条黑色的小罗圈腿悠闲地垂在漆黑的河水之中。他正在修补早被禁用的捕鲟鱼的刺网，他孤独地喃喃自语地嘟囔：

"地主老爷们欺负我，我还能忍受，谁让人家比你有钱有势呢？然而咱农民还自家窝里斗，我真是接受不了。都是农民，还分什么高低贵贱呢？我看只有这点不一样：我与他们口袋里装的卢布的多少不一样罢了。"

在不唱歌的时候，梅戈的脸又开始颤动，眉毛也跳动起来。他那粗糙的手指娴熟地使用锉子、刺钩。见我站在他旁边，他平和地对我说：

"我是小偷，是对的，我有罪！然而你瞧瞧，你瞧瞧，现在有哪个人不跟强盗一般生活呀。他们互相吞噬，互相咀嚼。哎！没有法子，上帝厌恶我们，魔鬼又戏弄我们，我们这些可怜的倒霉人呀！"

整个世界被黑暗吞噬着，黑色的河水，黑色的云朵，黑色的笑，对岸青草丛生的草原也被一片黑暗笼罩着。唯独听见波浪温柔地冲刷着河岸的沙子，河水亲吻着我的一双赤脚，脉脉的河水呀，难道你忍心把我卷进那无垠的黑暗之中吗？

"人要活下去啊！"梅戈感叹说。

远处传来狗吠，我跟在梦中一般沉思着：

"莫不是人们就只能有你梅戈这一种活法吗？"

伏尔加河寂寥无声。给人的感觉阴郁可怕的很，河面上那伸手不见五指的黑夜就像要无休无止地蔓延下去。

“他们必定会击垮霍霍尔，你也小心点儿。”梅戈提醒我。突然，梅戈舒展歌喉，打碎了夜的寂寥：

回想当年妈妈深爱着我
她温柔地与我说
“哎哟，我的宝贝，我的亚沙呀
快快长大吧”……

他又习惯性地闭上双眼，说来也奇怪，这样一来歌声也变得越发动听、凄美了，他手中的活儿几乎停下来了。

但是我不听妈妈的话
唉呀呀！我为什么不听……

这时有一种奇怪的幻觉浮上心来，我感觉脚下的土地就像被汹涌澎湃的河水淹没了，我情不自禁地滑进暗无天日的深潭里去了。

梅戈的歌声戛然而止，跟刚才他猛地亮开嗓子一般，他一声不吭地推船下水，然后坐上船就在浓浓夜色中消失得无影无踪了。望着他远去的模糊不清的背影，我不由自主地想：“这样活着不累吗？”

我的朋友可说是三教九流，各色人都有了，甚至连巴里诺夫也是我的好友。

他这个人毛病太多了，办事马虎、爱吹牛、爱挑拨离间、整日游手好闲，总而言之就是一个地地道道的一无是处的混混。

他曾经住在莫斯科，一提起那段生活，他就气得唾沫横飞。

“莫斯科和地狱没什么区别，虽说教堂有一万四千零六座，但是那边坐的全部都是骗子！

“他们脏得全身长疥，不信你去瞧瞧吧，从商人、军人到市民都是一面走路一面挠痒痒。这就是莫斯科的城市特色。

“是的，忘了，他们还有一个宝贝——‘大炮王’，它是彼得大帝制造的，专门用来镇压暴乱的人们。

“甚至有个贵族夫人由于爱情也反对彼得大帝！她在和彼得大帝同居七年之后，居然被冷漠地遗弃了，连同她的三个孩子。

“你知道吗？老弟！大炮一响就立即完结了九千三百零八条人命！这辉煌的战绩连彼得大帝自己都感到震惊。

“他告知大主教费拉里特封住那门魔鬼炮，从那以后大炮就被封了……”

“你都是胡说八道。”

对于我的回答他非常不满。

“上帝啊！你这人怎么能这样呀！这事儿我是从一个有学识的大人物那儿得知的，你却……”

他还去过基辅，到那儿朝拜。说到基辅，他又有一番权威之见：

“基辅和我们村儿一般建在山区，也有一条河，我记不得那条河叫什么名字了，当然他们的河与我们的伏尔加河比起来，不过是条小水渠而已。

“那儿的街道高低不平，弯弯曲曲，非常不整齐。

“市民嘛，大部分是乌克兰人，和罗马斯不太一般，他是鞑靼人和乌克兰人的混血。

“他们喜欢闲聊，不说正经话。浑身脏乱不堪，蓬头垢面。爱吃蛤蟆。那儿的蛤蟆一个足有十俄磅重。他们走路骑牛，耕地也用牛。他们的牛大极了，最小的也比我们的大四倍。重约八十三普特。那里的修道士有五万七千个，光主教就有二百七十三个……咦，你难道不相信？你怎么能够跟我争论呢？这些都是我亲眼看见的，你在那里住过吗？没有吧。这不就结了吗！老弟，我说话一向实事求是……”

巴里诺夫喜欢数字，跟我学会了加法和乘法，可学习除法的时候却完全失去了耐性。他热心积极地进行多位数的乘法运算，有错误也全然不顾。他用棍子在沙地上写写画画，望着一串串长长的数字发愣，好奇地睁着孩子般的大眼睛，感叹地说道：

“这么长的数字任谁也念不出来！”

巴里诺夫是一个体形难看、头发蓬乱、衣衫破烂的家伙。不过，他的一张脸却长得极为俊俏，一撮蜷曲的小胡须看着令人愉快，一双蓝莹莹的眼睛里常常绽露出天真的微笑。他和库什金身上有某些相似之处，想必是因为这样，他们两个人才相互回避不愿见面。

巴里诺夫曾两次到海里捕鱼，常念念不忘地说道：

“老弟呀，大海里是无与伦比的！你在它跟前，简直就是个小昆虫！看着大海，就忘却了自我！海上的生活是甜蜜的，任何人都愿跑到海滨去，甚至有一位修道院的院长也去了。他还亲自动手干活，着实不错！

“有一位厨娘，他曾经是一位检察官的情妇。嗬，还有什么比这更幸运的事呢？可是，她忍不住说：‘我的检察官，你待我真是很好，但我们还是分手吧，再见了！’因为无论是谁只要见过一次大海，就一定会老想着再次到海上去。那儿广阔无垠，宛如在天上一样，一点也不拥挤！我也准备去那儿。因为我讨厌身边的这些人！我真想做个隐士，住到荒无人烟的地方去，可又不知道是不是有这样的地方……”

他就像条野狗在村子里东游西逛，大家都看不起他，却又十分喜欢听他讲故事，仿佛聆听梅戈唱歌一样，兴致勃勃。

“全是胡扯！太有趣了！”

有时候，他编造的故事甚至能够打动潘可夫这样讲求实际的人。有一天，这个从不轻信的农民竟跟霍霍尔说：

“听巴里诺夫说书上关于伊凡勒帝的描述并不全面，它省略了很多内容。伊凡勒帝似乎是个变幻莫测的神，摇身一变就成为了大鹰。后人为了纪念他，便在钱币上铸上了一只鹰。”

我不止一次地注意到，那些离奇的，有时甚至杜撰得非常糟糕的故事都大受听众欢迎，甚至要比那些讲述生活真理的严肃故事更有市场。

可是，当我向霍霍尔说起这个时，他微笑着说：

“这很快就会过去的，对于人们来说，重要的是学会思考，一旦他们学会了就会想到真理。至于巴里诺夫、库什金这些古怪的人，您应该予以理解。您要清楚一点，他们都是一些艺术家、作家。想必基督可能也是这样的人。你应称赞他，有些东西他编得还蛮不错呢……”

有一件事情让我感到十分奇怪，这些人都很少而且也不乐意谈到上帝。只有苏斯罗夫老头经常深信不疑地说：

“一切全都是上帝的意旨。”

可是，从这些话里我似乎感到了一种无可奈何的情绪。我跟这些人相处融洽，从每天晚上的谈话中我学到了很多东西。对于我来说，罗马斯提出的每一个问题，都像一棵大树深深地根植于生活的土壤中，而在土壤的深处，这些树根和另外一些参天古树的根部纠结在一起，于是在这些大树的每一根枝丫上都开出了美丽的思想之花，翠绿的叶子就是深刻的词句。我感到自己吮吸了书中渗透出来的那催人奋进的蜂蜜，正在茁壮成长，谈吐中更充满信心。所以霍霍尔也不止一次地赞扬我说：

“马克西莫维奇，你干得真不错！”

我是多么感谢他的这些话啊！

潘可夫有时把他的妻子带过来。这个女人个子矮小，温顺的脸上嵌着两颗聪明的蓝眼睛，一身“城市人的打扮”。她静静地坐在屋子的角落里，谦恭地闭紧嘴唇。可转眼的工夫，她就会吃惊地张开嘴巴，惊奇地瞪大双眼。有时候她听到一句中肯的话，就会用双手捂脸，娇羞地笑起来。这时，潘可夫向罗马斯递着眼色，说：“她听明白了！”

常有一些小心谨慎的人从外地来找霍霍尔，他就把他们带到我的顶楼上，在那里一坐就是几个小时。

阿克西尼娅给他们送饭、送水，他们就在那儿食宿。除了我和厨娘，谁也见不到他们，而厨娘对罗马斯如犬马一般绝对忠心，如奉神明。

半夜的时候，伊佐尔特和潘可夫就把这些神秘的来宾用小船送到过往的轮船上或是送到罗贝什长码头。我从山上远远望去，只见一叶扁舟在黑沉沉的河面上或月光朗照的水面上时隐时现。为了引起轮船船长的注意，在小船上挂了一个彩色的灯笼。我望着这些，仿佛自己也参加了这伟大的秘密事业似的。

玛丽亚·杰连科娃从城里来了，可从她的目光里我已难以找到那种使我困惑的表情了。这会儿，我觉得她的一双眼睛已变成一个普通姑娘的眼睛。这双眼睛因为自己的姿容秀美而溢满幸福，又因为自己被一位有胡子的高大男子汉追求而感到庆幸。罗马斯用与别人说话时同样平静的语气和她说话，带点嘲笑的神情，只不过胡子抚弄得更加勤了，目光也更加柔和。她的声音如柔声细语般令人感到愉悦。她身着一身天蓝色的连衣裙，浅色头发上扎一条天蓝色的丝带。她那两只孩子般的小手出奇的不安分，就像是在寻觅什么似的。她一直不停地哼唱着小曲，用手帕扇着她那张粉色的、娇嫩的小脸。在她身上有一种东西又激起了我的恶意和恼怒，我力求减少与她碰面的机会。

七月中旬，伊佐尔特失踪了。人们传说他被淹死了，两天以后这个说法被证实了。他的船被冲到了河下游约七俄里的河岸上，船底有漏洞，船舷被撞破了。大家都对这场灾祸发生的原因大加揣测，说伊佐尔特很有可能是睡着了，他的小船便载着他顺水漂流到了距离村子下游五俄里的地方，撞上了抛锚在那里的几条驳船。

这一事件发生时，罗马斯仍然在喀山。傍晚，库什金跑到我们店铺里来，垂头丧气地坐在一堆麻袋上，吸着烟盯着地板沉默了一会儿，最后问道：

“霍霍尔什么时候回来？”

“不知道。”

他开始使劲地用手掌揉搓自己那带有伤痕的苦楚的脸庞，粗野地低声骂着，接着又如骨鲠在喉般大吼大叫。

“你怎么了？”

他盯着我，咬着嘴唇。他的眼睛发红，下巴颤抖着，一句话也说不出来。我紧张地等着噩耗的传来。最后，他朝街上瞥了一眼，才结结巴巴费劲地说道：

"我和梅戈去过了，见到了伊佐尔特的船。船底是被斧子砍漏的，明白吗？用斧子！伊佐尔特是被人杀害的。这是真的。"

库什金摇晃着脑袋，开始接连不断地咒骂起来，直到声音干哑才哽咽出声。他沉默了一会儿，又画起了十字。他全身剧烈地颤抖，哭不出声来，只有满腔悲愤，浑身颤抖的样子，叫人不忍。最后，他嗖地跳起来，摇了摇头走了出去。

第二天晚上，一群孩子在河里洗澡时发现了伊佐尔特的尸体。在河的上游离村子不远的岸边有一条破驳船，一半搁在岸边的礁石上，另一半浮在水中。在驳船下，靠近船尾的地方，伊佐尔特长长的尸体被舵把的凹陷处挂住了。他四肢伸展，脸朝下趴在地上，被砍伤的脑袋只剩下一个空壳，河水已经把脑浆冲走了。这个精壮的渔夫是遭人从身后猛击，后脑被斧子整齐地劈去。流水冲刷着伊佐尔特，他的双腿双手向着河岸仍在做类似划动的动作，仿佛正尽力爬出水面。

河岸边聚集着二十来个富农，脸色阴沉。贫苦的农民们下地去了，还没回来。老奸巨猾、胆小怕事的村长挥动着手杖四处张罗，鼻子还不停地喘着粗气，用粉红衬衫的袖子拭去鼻涕。身体粗壮的店老板库兹冥，双腿叉开站在那里，挺着肚子，一会儿看看我，一会儿又看看库什金。他凶狠地锁紧眉头，而那双无神的眼睛里却涌动着泪水，一张斑驳的麻脸令人感到凄然可怜。

"哎哟，真是胡作非为！"村长在岸上跺着他的罗圈腿，呜咽着说。

“这些农民，太恶毒了！”

一个又高又胖的少妇坐在岸边的石头上，呆呆地望着河水，用颤抖的手指画着十字。她就是村长的儿媳妇。她的两片嘴唇也在微微颤抖，下嘴唇又厚又红，像狗嘴似的难看地往下耷拉着，露出一排排黄牙。

男孩儿和女孩儿们像花球似的从山坡上飞奔下来，满身灰土的农民也都大步流星地往山下赶。人群小声地嘀咕道：

“他生前惹是生非。”

“怎么搞成这样？”

“瞧，他就跟那个库什金一样，好惹是非。”

“无缘无故就把人弄死啦……”

“伊佐尔特从来不伤害人。”

“从来不伤害人？”

库什金一面朝农民们冲过去，一面大声吼叫着。

“既然这样，你们为什么杀死他？啊？一群坏蛋！”

突然，一个女人歇斯底里地尖声笑了起来，疯狂的笑声就像是一根鞭子抽打着人群。农民们叫喊起来，相互推搡着，谩骂，怒号。

而库什金一个箭步，扑到了那个店老板的身旁，抡起巴掌照着他的麻脸就是一记重重的耳光：

“打你这个畜生！”

他挥动着两个拳头打开一条路，立刻从乱哄哄的人群中跳出来，对我兴奋地叫着：

“快离开这儿，要打架啦！”

他已经挨打了，嘴唇被打破了，口吐血水，但是他的神色却是得意的……

“看见我打库兹冥了吧？”

巴里诺夫跑到我们身边，怯懦地望着驳船旁边那群人，他们正乱哄哄地拥挤成一团。村长尖细的声音响了起来：

“呸！你说，我纵容谁了？你说呀！”

“我应该离开这儿。”巴里诺夫咕哝着，说着上山去了。

傍晚时候，天气十分闷热，几乎让人难以呼吸。深红色的太阳落到了厚厚的、淡蓝色的云层中，红色的反光闪耀在灌木丛的枝叶上。远处传来轰隆隆的雷声。

伊佐尔特的尸体在我眼前晃动。破脑壳上的头发给流水冲得笔直，仿佛根根都耸立起来似的。我回忆起他那低沉的声音和几句富于哲理的话：

“每个人身上都有孩子般天真的东西。我们应该关注这股孩子气般的东西！就拿霍霍尔说吧，他看起来像铁做的一样，可在他的内心深处，却有一颗童心！”

我和库什金大步并肩地走着，他气愤地说：

“就是要把咱们弄成这个样子……天啊，这是多么愚蠢啊！”

过了两天，霍霍尔在深夜里回来了。他显得异常亲切，想必是对什么事感到非常高兴。当我领他进屋时，他拍着我的肩膀说道：

“马克西莫维奇，你睡得太少了！”

“伊佐尔特被人杀害了。”

“什——么？”

他的颧骨像肿瘤般忽地一下鼓了起来，胡子也在瑟瑟发抖，像是涌向胸部的涓涓细流。他站在房子中间，连帽子也忘了取下，只是眯着眼不住地摇头。

“那么，不知道是谁干的吗？嗯，当然……”

他慢慢地走到窗前，坐了下来，疲劳地伸开他的双腿。

“我曾经警告过他……地方官来过了吗？”

“昨天来了个警官。”

“有什么结果？”

他问道，随后又兀自补充地说，“当然不会有什么结果！”像是在回答自己的问题。

我告诉他说，警官跟往常一样，住在了库兹冥那儿，然后就下令把库什金关押起来，因为他打了店铺老板一记耳光。

“好了，说这些有什么用？”

我去厨房烧水冲茶。

在喝茶的时候，罗马斯说道：

“这些人真是不幸，因为他们常常愚蠢地杀害自己最好的伙伴！不妨这样认为，他们害怕好伙伴。正像当地人诉说的那样，他们跟真正的好伙伴是‘格格不入’的。当我被流放到西伯利亚时，我就见到过这样一个犯人。他告诉我，他是一个小偷。他们一伙有五个人，在一起专干偷窃的事。有一天，其中有一个提议说：‘哥们儿，咱们金盆洗手吧，反正也没啥油水，这样简直是活受罪！’后来他们就为了这句话，趁他喝醉睡熟的时候把他勒死了。告诉我故事的犯人极力赞扬他杀死的那个人。‘从那以后我们又杀死了三个，’他说，‘我一点儿也不觉得可惜，可是对这个伙伴，直到今天我都惋惜。他是个好伙伴呀，既聪明，又风趣，而且心地也十分善良’。‘那你为什么要勒死他？’我问道，‘是怕他出卖你们吗？’听了这话，他生气了。他说：‘不，他不会出卖我们的。所有的东西都收买不了他，金钱也不能让他出卖我们！事实是我们跟他相处得并不融洽，好像我们总是罪有应得，而他是个正人君子似的，叫人感到很不舒服。’”

霍霍尔站了起来，在房子里走过来走过去，紧紧地咬着烟斗，倒背着双手，穿着一件长及脚后跟的鞑靼式睡衣，光着双脚在地板上稳稳地走着，边走边沉思着小声说道：

“像这种害怕正派人、排挤好人的事，我见得多了。对这种人有两种态度：或是先行妙计陷害，然后设法消灭；或是像狗一样看着他们的眼色行事，对他们俯首称臣、顶礼膜拜。后一种态度采取得少一些。至于去了解他们，模仿他们的生活方式，人们既不可能，也不擅长。恐怕是不愿意吧？”

他从桌子上端起已经凉了的茶杯，继续说道：

“他们很可能是不愿意的！您想想看，人们花了很大的力气才把自己的生活安排好，并且习惯了这样的生活，可是突然有一个人造反说：‘你们不能再这样子生活啦！’不能这样生活吗？可是我们却已经把自己最宝贵的精力投入到了这一生活中去了，见你的鬼去吧！于是他们打了这个教师、这个圣人一耳光。滚！少管我们！然而真理仍站在那些敢说‘你们不能这样生活’的人一边。他们是对的。正是这些人推动着生活走向美好。”

他指着书架上的书，又补充说：

“特别是这些书啊！唉，要是我能写书该多好啊！可是，我没这个本事，因为我思维迟钝，没有条理性。”

他坐在桌子旁，臂肘支着桌子，双手抱头喃喃自语道：

“我们失去了伊佐尔特……”

沉默了许久，他又说：

“噢，我们去睡觉吧。”

第十七章

我爬上阁楼，坐在窗前。田野上有亮光不停地闪烁，照亮了半边天；每当天空清澈的红火四射时，月亮都好像吓得颤抖起来。狗在吠叫，此起彼伏，声声凄凉。要不是这犬叫声，谁能说我不是生活在一个荒无人烟的孤岛上呢！远处雷声隆隆，沉闷的热气从窗口灌了进来。

伊佐尔特的尸体就横放在我面前的河边柳林下，他那张乌青的脸仰天躺卧着，而两只玻璃般的眼睛却严峻地审视着自己的内心，金黄色的胡子缠在一起，嘴巴吃惊地张着。

“马克西莫维奇，最要紧的是善良和热情！我之所以那么喜欢复活节，就因为它是最热情的节日！”

他的两腿被伏尔加河水洗得干干净净，两条蓝裤腿已被灼热的太阳晒干了，紧紧地裹在那发青的腿上。苍蝇在他脸上飞来飞去，遗体散发出一种难闻的令人作呕的气味。

楼梯上响起沉重的脚步声，罗马斯弯着身子从我那扇低矮的房门中钻了进来。他捋了捋胡子，然后坐在我的床沿上。

“您听我说，我要结婚了！”

“一个女人住在这儿，生活恐怕有困难……”

他注视着我，好像在等着我说什么？但是我没想好要说什么，一个闪光照亮了房间，带来了一片可怕的白光。

“我要跟玛莎·杰连科娃结婚……”

我不由得笑了，因为在此之前我还从没有想到过把这个姑娘称为“玛莎”。太有趣了！也从不记得她的父亲或兄弟们是否这样亲昵地称呼过她。

“您笑什么？”

“没有什么。”

“您认为我对她来说年纪太大了吗？”

“不，不是的！”

“她告诉过我，说您曾经喜欢过她。”

“好像是吧。”

“那么现在呢？过去了吗？”

“我想，是的。”

他松开了握着胡子的手，低声说道：

“像您这般年纪常常‘我想好像是的’，而在我这样的年纪，就没什么‘好像’了，什么事没经历过？再也不会胡思乱想了，也无力去想了。”

接着，他笑了，露出一排排整齐的牙齿，又说道：

“安东尼在亚克兴海战中输给恺撒，就是因为放弃了作为指挥官所应指挥的舰队和他的职责，而是乘上自己的战舰去追因害怕而逃走的埃及女王克娄巴特了。您看，爱情的威力就是这样！”

罗马斯站了起来，向后挺了挺身子，好像是违背了自己意愿似的重复说道：

“就这样吧，我要结婚了！”

“什么时候？”

“秋天，收完苹果之后吧。”

罗马斯走了，经过门口的时候深深地低下了头。我呢，躺到床上，心里暗自在想：也许我能在秋天离开这里就好了。他为什么要谈起安东尼的故事呢？我一点也不喜欢听这一类的故事。

已经到了摘收早熟苹果的时候。今年是个丰收年，树枝被沉重的果子压弯了腰，垂到地面上。果园里到处飘着浓郁的果香，孩子们叽叽喳喳地嬉闹着，捡拾着被虫子蛀落的和风儿吹落的又红又黄的果子。

八月初，罗马斯从喀山带回一船货物和许多盛满东西的筐子。那天早上八点钟，霍霍尔刚刚洗完澡，换好衣服，准备喝茶时，兴奋地说道：

“夜晚在河上行船真让人愉快……”

突然，他抽动着鼻子，不安地问道：

“好像有股焦味儿？”

就在这时，院子里传来了阿克西尼娅的尖叫声：

“失火了！”

我们急忙冲进院子，只见菜园另一头的板棚着火了，里面贮存着煤油、焦油和食油。我们惊慌失措地望着黄色的火舌利索地舔舐着墙壁冲上房顶。阿克西尼娅提来一桶水，霍霍尔把水泼在烧得正旺的火苗上，扔掉水桶，喊道：

“真见鬼！马克西莫维奇，把油桶都滚转出去！阿克西尼娅，进店里去！”

我迅速地把一桶焦油经院子滚到街上，又抓起另一桶煤油，但当我将它滚转起来时，却突然发现桶塞是开着的，煤油立刻流到了地上，在我摸索着寻找塞子的时候，烈火已经蔓延开来，穿过板棚木制的门厅，尖形的火苗蹿出来，房顶发出噼里啪啦的爆裂声，仿佛对人的嘲弄。等我推着那半桶煤油出了门，看到街上许多的妇女和小孩从各处哭喊叫嚷着跑过来。

霍霍尔和阿克西尼娅把店铺里的货物搬出来，堆放在山沟里。街心站着一个花白头发的黑脸老太婆，一面用拳头威吓人，一面高声喊道：

“哎——呀，见鬼了……”

等我重新进入库房时，里面充满了浓烟，浓烟中发出噼啪的响声，从房顶飘下几条悬空飘动的红色火带，墙壁已变成了赤热的炉壁。浓烟令我无法呼吸，睁不开眼睛，我强忍住无力的窒息感把油桶推到了库房门口，但油桶却在门口处被卡住了，一点儿也动不了。而从房顶上纷纷溅落的火星子，正一点一点灼烧着我的皮肤。我大声呼救。这时霍霍尔跑了过来，一把抓住了我的胳膊，把我拉到了院子里。

“快点跑啊！马上就要爆炸了……”

他冲进门里，我跟着也冲了进去，匆忙地爬上阁楼去抢救我的书。我把书从窗口扔下去以后，正想扔一箱帽子，可是窗框太窄了，于是我拿起一只半普特重的秤砣，正要砸窗框时，一声沉闷的轰隆声传来，震得房顶巨响，我明白这是煤油桶爆炸了。

房顶着火了，噼噼啪啪地直响，一道道红红的火花在窗子近旁飞旋着，正迅猛地朝窗子里钻，我被烤得难受极了。我朝楼梯跑去，滚滚浓烟迎面扑来，一条条血红的火舌顺着阶梯往上爬。楼下门厅里也在迸裂作响，仿佛妖怪正用铁牙啃着木头。我仓皇失措。烟雾将我团团包围，我无法呼吸，下意识地站在那儿，呆立了几秒钟——却感到无限漫长。这时在楼梯上方的天窗口出现了一张红胡须的黄脸，嘴唇痛苦地扭动着，转眼间又消失了。紧接着，血红色的火舌穿破了屋顶。

我记得，自己的头发好像在噼啪作响，除此之外，再也听不见其他任何的声音了。我知道自己是死定了，双腿灌了铅一样沉重，尽管我用手捂住眼睛，但依然疼痛难耐。

一种本能的求生欲望让我急中生智，找到了唯一的生路——我抱起了自己的床垫、枕头和一捆树皮，再用罗马斯的羊皮外套裹住头部，从窗口跳了下去。

当我在山沟边上清醒过来的时候，发现罗马斯正蹲在我面前，叫喊着：

“怎么样？好点了吗？”

我站起身，呆呆地张望着，只见我们的小屋已化为红色的灰烬，似乎有许多红红的狗舌头舔着发黑的地面，窗户里冒着黑烟，屋顶上如同长出了黄色的花朵，随风摇曳。

“喂，怎么样了？好些了吗？”霍霍尔又喊道。

他那张满是汗水、给浓烟熏得乌黑的脸上，流下了两行脏兮兮的泪水，双眼吃惊地眨巴着，胡子上乱糟糟地黏着树皮。一股兴奋喜悦的激情油然涌上心头，这是一种多么强有力的情感啊！后来我感到左脚疼痛难耐，便躺下对霍霍尔说道：

“我的脚脱臼了。”

他摸了摸我的脚，突然用力一拉，我全身立时感到如鞭笞般尖锐的刺痛。可是，几分钟后，我又狂喜地跛着脚把拼着性命抢救出来的东西都搬到了我们的浴室边上。罗马斯嘴里衔着烟斗，高兴地说道：

“当我看到油桶爆炸，火苗冲到屋顶时，我以为我要失去你了。火舌一下子蹿上去，高极了，随后半空中就出现了一个蘑菇云，整幢小房一下子就淹没在火海里。我想，再也见不到马克西莫维奇了。”

罗马斯已经又像往常一样的平心静气了，他把抢救出来的东西整齐地放在一起，还朝披头散发、满脸乌黑的阿克西尼娅说道：

“您坐在这儿看着这些东西，别让人给偷走了，我去灭火……”

在小沟上空的黑暗中飞舞着一张张白色的纸片。

“唉，”罗马斯说，“书，多可惜啊！那都是我最喜欢的好书啊……”

火已经烧毁了四幢房子。这一天风平浪静，火不紧不慢地烧着，忽左忽右地到处蔓延，那灵活的火苗像抓钩一样，不情愿地钩住屋顶和用枝条编成的栅栏。赤热的屋脊像梳子似的梳着房顶上的茅草；火红的手指依次抚摸着篱笆，好像是在弹拨古斯里琴弦。在浓烟弥漫的空中，火焰唱起了幸灾乐祸、声音哀怨的狂歌，烧成焦炭的木料发出平静的、近乎柔和的爆炸声。金色的灰烬从烟雾中飞到街上和院子里。

人们正东奔西走忙乱一气，他们只关心自家的财产，不断地发出哭喊声：

“拿水来——水！”

水源离这儿很远，在断崖下面的伏尔加河里。罗马斯抓住这个人的胳膊，拉着另一个人的衣领，很快就凑齐了一大堆农民，然后将他们分成两组，叫他们拆除篱笆和火场两侧的小房。这些人都顺从地听他指挥，开始同心协力与那要吞没整排房屋和整条大街的烈火展开最为有力的斗争。可是农民们畏畏缩缩、信心不足，像是给别人干活似的。

而我，情绪饱满，感到自己比任何时候都更加精力充沛。我看到一群人站在街道的尽头，他们是村子里的富农，这些人中库兹冥和村长最为显眼。他们站在那里，冷眼旁观，只知道指手画脚，挥舞着“文明棍”，大喊大叫。农民们从田里骑着马快速地奔了回来，两只胳膊几乎颠到耳边，村妇们朝他们哭诉着，孩子们则一阵乱跑。

又一个院子的小杂物房也烧着了，要尽快拆除畜栏的篱笆墙才行，因为它是用很粗的干树枝编成的，现在已经点缀上鲜红的火带。农民们开始七手八脚地砍倒篱笆木桩，他们的身上洒满了火星儿和炭屑子，于是便纷纷地跑开了，拼命地用手拭去衬衫上燃烧的部位。

“不要害怕！”霍霍尔冲着他们大声喊道。

这根本没有用处。他抓过一个人的帽子，把它戴在我头上：

“您去砍那一头，我来砍这一头！”

我砍断了一根又一根木桩，篱笆墙摇晃起来，于是我爬上去，抓住顶端，霍霍尔抓住我的两脚往下用力一拉，整条篱笆墙垮塌了，差一点就把我的脑袋压住。农民们齐心协力地把篱笆拖到街上。

“您没受伤吧？”罗马斯问我。

他的关心给了我新的力量，动作也更加灵活起来。我很想在这个我所衷心敬爱的人面前做出点儿成绩来，于是大干猛干，仅仅渴望得到他的称赞。

头顶上，在滚滚浓烟中，我的书仍像一只只信鸽似的漫天飞舞着。在右边，火势已经被控制了，而左边却越烧越猛，已经烧到了第十个院子了。罗马斯留下一部分农民监视火舌的动向，催促大多数人到左边去救火。当我们经过那一群富农身边时，我听见其中一个人恶狠狠地说道：

“他们就是纵火犯！”

库兹冥说：

“应该去搜一搜他们的浴室！”

这些话在我心里留下了不愉快的烙印。

第十八章

众所周知，一种鼓舞，特别是愉快的鼓舞会给人以力量。我当时也受到了这样的鼓舞，所以不顾一切地拼命干活，可是终于“精疲力竭”。我记得自己当时坐在地上，背靠着一个热乎乎的东西。罗马斯向我身上浇了一桶凉水，围住我的农民们都肃然起敬地低语道：

“这个小伙子真健壮。”

“这个人是不会垮的……”

我把头紧紧地靠在罗马斯腿上，不怕羞地哭了起来。他抚摸着我湿淋淋的头发说：

“休息一会儿吧！你真是够累的了。”

库什金和巴里诺夫两人都像烧炉工一样满脸黝黑，他们把我送到山沟里，安慰我说道：

“不要紧，老弟！一切都会好的。”

“受惊了吧？”

我刚躺下歇了一会儿，就看到十来个富人走下山沟，往山沟里我们的浴室走去。领头的是村长，他的后边有两个乡村警察，分别架着罗马斯的胳膊。罗马斯没戴帽子，一只湿漉漉的衬衫袖子被扯烂了，牙齿紧咬着烟斗，脸色阴沉，眉头紧锁，模样十分恐怖。退伍兵柯斯金挥动着手杖，狂暴地叫喊着：

“把他扔到火里去！异教徒！”

“打开浴室……”

“你们把锁砸开吧，钥匙弄丢了。”罗马斯朗声说道。

我一跃而起，抓起了地上的一根棍子，站到了罗马斯的身旁。两名乡村警察倒退了一步，而村长战战兢兢地尖声说道：

“我们正教的人不允许砸锁！”

库兹冥用手指着我大声说道：

“还有这个人……他是干什么的？”

“冷静点，马克西莫维奇。”罗马斯对我说。

“他们认为是我们自己放火烧了店铺，把东西藏到了浴池里。”

“你们俩合伙！”

“砸吧！”

“信正教的人们……”

“我们负责！”

“我们的责任是……”

罗马斯小声说：

“来，我们背靠背站着，防止他们从后面打我们。”

浴室的锁被无情地砸开了，几个人一拥而上挤进门里，可又立刻从里面退了出来。这时，我把那根棍子塞进罗马斯手里，而自己又从地上捡起了一根。

“里面什么也没有……”

“什么也没有？”

“嘿，鬼东西！”

有人怯生生地说：

“你们弄错了……”

几个像醉汉一样蛮横的声音打断了他：

“你是什么意思？”

“把他们扔进火里！”

“捣乱分子！”

“还去搞什么组织！”

“盗贼！他们全是一伙贼！”

“住嘴！”罗马斯在吵闹声中大声喊着，“怎么样，你们看到了，浴室里什么也没有。你们还要怎么样？全烧光了，剩下的，你们看到了吧？我纵火烧自己的东西对我有什么好处？”

“你保火险了！”

接着又有十来张嘴狂呼乱叫起来：

“还望着他们干吗呀？”

“我们已经受够了！”

我的两条腿不停地颤抖，双眼发黑。透过发红的烟雾，我看见了那一张张凶残的鬼脸和胡子拉碴的血盆大嘴。我几乎无法克制我的愤怒，想冲上去痛打他们一顿。

他们在我们的四周又跳又叫：

“看啊，他们带着棍子呢！”

“棍子！”

“他们要来扯我的胡子。”罗马斯说，通过他的语气我感到了他的冷笑，“您也要遭殃了，马克西莫维奇！不过，要沉住气，要沉住气呀……”

“瞧，这小子还有斧头！”

我的裤腰带上确实别着一把砍木桩用的斧头，我倒把它给忘了。

“看样子，他们害怕了？”罗马斯暗自猜想，“但是您可千万不能用斧子，要知道一有不慎就……”

一个我们不认识的瘸着腿、矮个子的农民，十分可笑地蹦来跳去，疯狂地尖叫道：

“离他们远点儿，用石头砸他们！我先砸！”

说着他真的捡起了一块锯齿状的石头，一扬手就朝我的腹部掷来。但是就在我出手还击之前，库什金已像老鹰一样向他扑去，和他抱成一团扭打着，于是两个人滚进了山沟。然后，潘可夫也出现了，加入了我们的行列，接着，巴里诺夫和铁匠，还有十来个农民都来了。

库兹冥立即虚张声势，煽风点火地说道：

“米哈伊·安东诺维奇，你是个聪明人，不过你要明白，火灾已经使农民们丧失理智了……”

“咱们走，马克西莫维奇，到岸边小饭馆去。”罗马斯说着，把烟斗从嘴里取了出来，往裤袋里猛地一塞，拄着棍子，步履蹒跚地走出了山沟。这时，库兹冥故意跟着他，嘴里不住地对他说着什么，罗马斯看也不看就回了一句话：

“滚开，可恶的家伙！”

望了一眼我们的房子，那里还有一堆金色的灰烬闪着光，小房中央是个火炉，那没有烧毁的烟囱里向炽热的空中冒着青烟。烧红了的铁条床架像蜘蛛似的伸着腿。那些烧焦了的门柱子，俨然如站在火堆旁的一个个黑衣卫士，一个卫兵的头上还顶着红色的炭帽，裹着余火，活像公鸡的红翎子一样。

“书全被烧毁了，”霍霍尔叹息着说道，“真是太可惜了！”

那些顽童们像赶小猪似的，把一块块烧成焦炭的木头用棍子推移到街上的泥坑里，木头发出嘶嘶的叫声就熄灭了，空气中弥漫着难闻的白烟。一个四五岁的蓝眼睛孩子，长着浅黄色的头发，坐在暖和的黑水坑里，用一小块木头敲着撞瘪了的铁桶，聚精会神地欣赏着这个铁桶发出来的声音。

遭受火灾的人们都阴沉着脸走来走去，把残留下来的财物归到一堆。女人们恸哭，叫嚷，为了几块烧焦的木料争吵着。火场后的果园里，果树屹然不动地挺立着，很多果树的叶子也被烧得焦黄，树上的红苹果更加清晰可见。

我们下到河里洗了澡，然后在岸边的一家饭馆里坐下，默默地喝着茶。

“富农们在苹果上打的如意算盘失败了。”罗马斯说。

潘可夫进来了，显得心事重重，比平常更温和一些。

“哎，你怎么啦？”霍霍尔问他。

潘可夫耸耸肩膀：

“我那房子确实上过保险。”

大家都不作声了。奇怪的是，大家都像是陌生人，只用探究的目光端详着对方。

“罗马斯，你打算怎么办？”

“我要考虑一下。”

“你必须离开这里。”

“看看再说吧。”

“我有一个想法，”潘可夫说，“我们到外面谈吧。”

他们一起走了出去。潘可夫走到门口停了下来，回头对我说道：

“你不是个胆小鬼！可以在这里住下去，他们怕你……”

我也走了出去，走到岸边，躺到灌木丛中，望着流水。

尽管太阳已经落山了，天却依然很热。在这个村庄里我所经历过的一切，仿佛是彩笔在河面上绘成的画卷。我的心异常沉重，但是过分的疲劳很快把我带入了梦乡。

“哎，你醒一醒！”我在梦中感到有人在摇晃我，想把我拖到什么地方去。“你睡死了吗？快醒一醒！”

河对面的牧草地上空挂着一轮月亮，又红又大，像偌大的车轮。巴里诺夫摇晃着我，对我说：

“走吧！霍霍尔正到处找你呢，他很担心！”

他走在我的身后，略有埋怨地说道：

“对你来说这里太危险了，你不能在这儿躺下就睡！经过山路的人，可能一不小心踢下块石头就会砸伤你，或者他们会存心扔石头砸你。我们这里的人，可都不是闹着玩儿的。我的老弟，他们都爱记仇。除了仇恨，他们什么也不懂。”

树丛里有人在轻轻走动，树枝轻微地摇晃着。

“找到了吗？”是梅戈洪亮的声音在问。

“我领他过来了。”巴里诺夫回答道。

我们默默地走了一会儿，他叹着气说道：

“梅戈又准备去偷鱼了。是呀，梅戈的生活也不容易啊！”

罗马斯一见到我，就生气地责备说：

“你怎么能到处乱走呢？你想叫他们打一顿吗？”

后来，巴里诺夫走了，当屋子里只剩下我们俩的时候，他皱着眉头小声说道：

“潘可夫想让你留在他那里，他准备开一间杂货铺。我不想劝你留下来。而我已经把剩下的货物全盘给他了。我要到弗亚特加去，过段时间安顿好以后，就会给你来信的，你可以到我那儿去。行吗？”

“让我想想吧。”

“那好吧。”

他躺到地板上，辗转反侧，一会儿工夫就静静地躺着不动了。我坐在窗前，眺望着伏尔加河。河水反射着月光，使我想起了火灾时的光亮。在青草萋萋的河岸下方，有一艘拖轮缓缓行驶，发出隆隆的响声。三盏桅灯在黑暗中浮动，时而擦着星光划过，时而又把星光遮没。

“你还在生那些农民的气吗？”罗马斯睡眼惺忪地问道。“不要和他们生气了，他们只不过是愚昧罢了。凶狠也是愚昧的一种形式。”

他的这些话安慰不了我，也不可能减轻我心中无法遏制的恼怒。我眼前又浮现出那一张张胡子拉碴的兽性嘴脸，他们恶狠狠地尖叫着：

“用石头远远地砸他们。”

这时我还没有学会忘掉那些无用的事情。渐渐地，我真正明白，这些人中的每一个农民都不是那么凶狠，甚至完全没有狠毒的心肠。他们其实是些善良的野人，随便一个农民，你都不难使他们露出孩子般天真的笑脸；随便一个农民，都会带着孩子般的热诚来倾听你讲述的关于寻求理智和幸福、关于伟大人物的丰功伟绩的话。这些农民们有一种特别的心态，他们对于那些能够激发想要按照个人心愿轻松生活的一切，都感到十分珍贵。

可是，当这些农民们聚集在一起时，或在河边的小客栈里挤成灰溜溜的一团时，他们就悄然地隐藏起了自己的一切优良品质，穿上像神父那样虚假和伪善的法衣，他们对村子里的富农就像狗一样表现出曲意逢迎的奴态。有时，他们又会突然露出一副饿狼的凶相，竖起背毛，露出牙齿，互相粗野地叫骂，为鸡毛蒜皮的小事准备大打出手，并厮打起来。在这种时候，他们凶得吓人，大有要捣毁教堂的架势，尽管前一天晚上，他们还像是进栏的绵羊一样温柔顺从地聚在这里。农民中也有诗人和善于讲故事的人，但他们不受欢迎，反而遭到村民们的嘲笑，得不到帮助，被人蔑视。

我不会，也不能在这些人中住下去了！我们分别的那一天，我向他倾诉了心中所有痛苦的想法。

“这个结论下得过早了。”他用责备的口吻对我说。

“不过，这个结论已经定型了，有什么办法呢？”

“错误的结论，完全没有理由！”

他说尽了好话，劝了我很久，要我明白自己的错误。

“请不要急于谴责我！谴责比什么都简单，请不要过分迷恋它。看待一切都要冷静，牢记这一点：一切都会过去，一切都会慢慢好转。太慢了？然而很牢靠！试着用自己的眼睛四处看看，亲身体验一下每件事。要勇敢一些，但是先不要轻易地去指责别人。再见吧，朋友！”

十五年之后，我们在亚库梯区迎来了这次所谓的再见。在这段时间里，罗马斯因牵涉“民权派”的案件而在雅库茨克被流放了十年之久。

自从他离开克拉斯诺维多沃村之后，我便感到心灰意冷，就像一只找不着主人的小狗一样在村里徘徊着。我和巴里诺夫走村串巷一起到各个村庄去给富裕的农民们做活，打谷、挖土豆、收拾果园。我住在巴里诺夫的浴房里。

“马克西莫维奇，孤独的灵魂！以后可怎么办呢？”巴里诺夫在一个下雨的夜晚说，“哎，我们明天去海上吧，怎么样？待在这里有什么意思！这里的人都不喜欢咱们这号人。再说了，没准哪天咱们就会惨遭那些酒鬼的毒手……”

巴里诺夫已经不是第一次提起这事了。他因为某些事情而感到心情苦闷。他的那双长臂猿似的手臂总是无力地悬垂在身体的两侧，恍如在参天的森林中迷了路，对自己没了一点希望。

雨点敲打着浴室的窗户，雨水冲刷着浴室的屋角，随后便哗哗地向谷底流去。这大约是今年最后一场暴雨了，白色的闪电虚弱地放着光。巴里诺夫又低声说道：

“咱们明天就出发吧？”

我们真的走了。

第十九章

秋夜航行在伏尔加河上，真有说不出的愉快。我坐在船尾，挨着舵手。他是一个毛茸茸的大块头。他一边掌舵，一边在甲板上踏着沉重的步子，嘴里发出深沉的喘息声：

“噢——呜呃！……噢——呜嘞……”

船后面，如焦油一般浓稠、似绸缎一样光滑的河水汩汩流淌着。河上空，翻滚着团团乌黑的秋云。周围的一切，只有徐徐移动的黑暗，黑暗侵蚀了河岸的界限，整个大地似乎都已经融化成烟雾和液体，连绵不断、永不停歇，整个往下流，流向一个没有日月、没有人烟、没有星辰的地方。

在黑乎乎的雾气里，一艘辨不清模样的汽船正喘着粗气艰难地向前航行着，仿佛在与抵抗它前进的顽强力量做斗争。船上有三盏灯，两盏仿佛浮于水上，一盏高挂在半空。靠近我的这边，还有四盏像金鱼似的灯光在乌云下浮动着，其中一盏是我们驳船上的桅灯。

我感到自己被包围在一个冰冷的油泡里，它顺着斜坡轻轻地往下滑，而我就像一只小蚊虫趴在里面。我感到滑动的速度越来越慢，最后，终于停了下来，轮船不再发出低沉的吼叫，隆隆的轮翼也停在黑乎乎的水面上。所有声响都如凋落的秋叶、黑板上被抹掉的粉笔字般悄然消失了，只有死一般的沉寂包围着我。

守着船舵踏步的那个大汉，穿着一件破烂的羊皮外套，戴一顶毛茸茸的羊皮帽，现在也停住脚步，像化石一样一动不动，也不再发出那深沉的低吼：

“啊洛——洛啵！啊——呜洛……”

我问他说：

“你叫什么名字？”

“你打听这个干什么？”

他粗野地回答道。

那天傍晚，轮船离开喀山时，我发现这个笨得像熊似的人，有一张胡子拉碴的脸和眯成缝的小眼睛。他站在舵旁，把一瓶伏特加酒倒到一个木勺里，像喝水一样两口就喝完了，接着又吃下了一个苹果。当轮船猛地开动时，这个人便抓起舵柄，朝那轮红红的落日看了一眼，晃了晃脑袋，厉声说道：

“上帝保佑啊！”

这艘轮船从不诺夫哥德的集市上拖了四艘要运到阿斯特拉罕去的驳船，驳船装满了铁器、糖桶和一些重木箱，这些货物都是发往波斯的。巴里诺夫踢了踢这些箱子又闻了闻，沉思片刻后，说道：

“没错，都是枪支，是诺夫斯克工厂生产的。”

可是，掌舵人照他肚子打了一拳，问道：

“关你什么事？”

“我是想……”

“你是想挨嘴巴子，是吗？”

我们没钱买轮船的客票，人家“出于善心”让我们上了驳船，虽然我们也和水手一样轮流“站岗值班”，可船上所有人都还是把我们当作乞丐。

“你老是说什么人民，”巴里诺夫说，“其实很简单，谁强谁就骑在别人的头上……”

夜是如此漆黑，四条驳船也都隐没在了黑暗中，看不见踪影，肉眼所及的只有那被灯光映亮的桅尖，隐现在黑沉沉的烟幕上。烟雾散发出煤油的气味。

舵手阴郁沉闷的态度令我气恼。水手长派我到船舵旁“值班”，协助这个野人。每当转弯的时候，他总是盯着灯光的动向，轻声跟我说：

“嘿！把稳了！”

他霍地跳起来去转动舵杆。

“好了！”他说着。

我又重新坐到船板上，试着同这个人谈话，却没有成功。他总是这样反问我：

“关你什么事？”

他的脑子里到底在想些什么呢？当我们经过黄色的卡玛河和钢青色的伏尔加河交汇处时，他向北面望了望，然后咕哝了一句说：

“混蛋！”

“谁？”

他没有回答。

茫茫黑暗中，隐隐约约传来狗的叫声。这使人想起那些尚未被黑暗吞没的残存的生命的挣扎，听起来既渺茫又荒唐。

“这儿的狗真是脓包！”掌舵人突然冒出这么一句话。

“这儿，是指哪儿？”

“什么地方都一样。我们那里的狗，才真凶呢……”

“你是哪里人？”

“沃罗格达。”

于是就像土豆从破麻袋里滚出来似的，他那单调乏味、不流畅的话匣子打开了：

“跟你一块儿的是你叔叔吗？我看，他是个傻瓜。我有个叔叔，非常聪明，为人恶毒，有钱。他在西姆比尔斯克管理码头，还有一个酒馆。”

他慢腾腾地好像很吃力地说完这通话之后，便用那双眯缝着的小眼睛死死地盯住轮船桅杆的灯光，看那只金蜘蛛如何在漆黑的蛛网上徐徐爬行。

“撑稳了！……你读过书吗？你知道法律是谁写的吗？”

没等我回答，他就又接着说道：

“人们的说法各不相同，有的人说是沙皇，有的人说是主教，有的人说是元老院。哪天让我弄清了是谁写的，我一定会去找他的，并对他说：‘你写的法律最好是让任何人都不能动手打人，甚至叫人连胳膊都举不起来才对。’法律应该是铁的，像钥匙一样，把我的心一锁，就行了！那样的话我才能保证不犯法！而像现在这个样子，我就不能保证啦，也保证不了！”

他一直自言自语地咕哝着，声音越来越小，甚至连说出来的话也越来越杂乱无章，只听见他用拳头频频敲击着舵杆。

有人用轮船上的喇叭喊话了，但是这嘶哑的声音就像是消失在深夜中的犬吠一样，全是多余的。在轮船两侧黑乎乎的水面上，有几盏灯的影子如同黄色油斑一样漂浮游移，只有一丝微弱的亮度。黏稠而浓重的乌云，仿佛河底的淤泥，在我们的头顶上流动。我们越来越深地滑进了悄然无声的黑暗的深处。

舵手紧皱眉头抱怨道：

“要把我带到哪儿去？我的心都不会跳啦……”

我感到冷漠抓住了我，寒意和忧愁一齐涌上心头，我只想倒头睡觉。

一个不见太阳、苍白、晦暗的黎明，小心翼翼地穿过乌云挣扎出来，把河水染成了铅灰色，展示出河两岸黄色的灌木丛，蒙着铁锈般的松林和它们暗绿色的枝梢，成排的木头农舍，犹如石雕般的农民的身影。一只水鸥扑棱着弯弯的翅膀，从驳船上空疾掠而过。

舵手和我被换了下来。我爬到防水布下就睡着了，可是很快就被一阵急促的脚步声和嘈杂的喊叫声惊醒了。我从帆篷下伸出头来，看见三个水手把那个舵手按在船舱的墙上，七嘴八舌地说：

“快丢下！彼得鲁。”

“没事的，上帝会保佑我们的！”

“你不要这样了，何苦呢！”

彼得鲁双手交叉在胸前紧紧抓住自己的肩膀，静静地站着，用一只脚使劲踩着一个包袱，挨个儿瞧着他们，嘎声嘎气地请求道：

“让我走吧，别让我去犯罪！”

他赤着双脚，没戴帽子，只穿着一件衬衫和一条衬裤，一团乱蓬蓬的黑发遮住了他突出的显得固执的前额。充血的像田鼠般眯缝的小眼睛惶恐地、哀求地望着大家。

“你会被淹死的！”人们对他说。

“我？决不会的，饶了我吧，兄弟们！要是我不走，我准会去杀了他！我们一到达西姆尔斯克，我就会这样做的……”

“你可别这么干。”

“兄弟们……”

他慢慢伸开双臂，跪下来，两手贴着“工作舱”的舱壁，像被钉在十字架上似的，一再说道：

“让我离开这儿吧，不要再让我去犯罪了！”

他的声音深处，有一种令人震撼的东西。他伸开长长的像桨一样的手臂，掌心朝着大家颤抖着，他那长满络腮胡的熊脸也在发抖。那双田鼠似的眯缝着的小眼睛瞪出两个小小的黑眼珠。此情此景，就像是有一只无形的大手掐住了他的脖子，试图扼死他。

三个农民什么也没说，默默地给他闪开了一条路。他笨拙地站了起来，捡起包袱说道：

“谢谢！”

他穿过舱板，来到船舷边，敏捷地一头扎进河里去了。我也跑到舷旁，看到他头上顶着包袱，好像戴着的帽子，他摇晃着脑袋，斜着穿过水流，向着沙岸游去。迎面沙岸上的灌木林，被风吹弯了腰，向河水撒着黄灿灿的叶子，仿佛在招手向他示意。

几个人说道：

“他到底克制住了自己！”

我问道：

“他莫非疯了？”

“疯了？他根本没有！他这是为了拯救灵魂……”

彼得鲁已经游到了齐胸深的浅水中，站在那里挥动着头上的包袱。

水手们齐声向他喊道：

“再见了，再见了！”

有人问道：

“他没有身份证怎么办？”

一个红头发、罗圈腿的水手乐意向我解释道：

“彼得鲁在西姆比尔斯克有一个叔叔，骗走了他全部财产。于是，他下定决心要杀死他的叔叔。但他自个儿又怜惜起自己来，于是避免了这一罪行。一个看上去粗暴的人，他的心却是善良的！他就是这种好人。”

此时，这个好人已大步走在狭窄的沙滩上，朝上游走去，眼看着他的身影隐没在一堆灌木林里。

原来这些水手都是和善的小伙子，是我的同乡，也是出生在伏尔加河流域的居民。到了傍晚，我觉得我已经是他们圈子中的人了。可是第二天，我却惊奇地发现他们竟然都阴起了脸，用怀疑的目光望着我。我立即猜到，准是巴里诺夫这个多嘴的讨厌鬼，对水手们又讲了他幻想出来的故事。

“你跟他们说了什么？”

他那女人般柔和的眼睛笑了，难为情地搔着后脑勺承认道：

“我是说了一点。”

“我不是叫你管好你的舌头吗？”

“我本来没打算讲。可是这个故事太有趣啦。那时我们正想打扑克，可是牌叫舵手拿走了，闷得慌，于是我就……”

通过我详细的询问，弄清了巴里诺夫为了打发时间编造的故事——一个非常有趣的故事。故事的结尾说，霍霍尔和我就像是古代的海盗，手上拿着斧子和一群村民搏斗。

跟巴里诺夫生气是没用的，因为他眼中的真理全是超现实的。

记得有一天，我们两个一起去找活儿干，同坐在山沟的边上休息。他很有信心又很亲切地对我说：

“真理一定要按照自己的想法和心意去甄别！你看，在山谷那边有牲畜在吃草，牧狗来回跑着，牧人走来走去，哼！这有什么意思？我们的心灵能从中得到什么呢？老弟，你只要睁开眼睛看看，看到的就是凶狠的人，他们就是真理！好人呢？他们在哪儿？那些好人还在等着被人发明出来呢！”

到达西姆比尔斯克之后，水手们便毫不客气地要我们离开驳船上岸去。

“你们跟我们不是一类人。”他们说道。

他们用小船把我们送上了码头。我们在岸上晒干了衣服，翻了翻口袋，只剩下三十七个戈比了。

我们到一家小馆子去喝茶。

“我们该怎么办？”

巴里诺夫满怀信心地说道：

“怎么办？只有继续前进了。”

我们乘一艘客船偷渡到了撒玛拉。在那儿有条驳船雇用了我们，经过七天七夜的海上航行，一帆风顺地到达了里海海滨。

而后我们在一家小型渔民合作社里找到了工作，就是卡尔美克地区开办的那个肮脏的卡布库尔贝依渔场。

（全文完）

世界文学名著·有声阅读

书名	作者	译者
童年	〔苏联〕高尔基　著	姜希颖等译
我的大学	〔苏联〕高尔基　著	施艳群　译
在人间	〔苏联〕高尔基　著	史丽芳等译
巴黎圣母院	〔法〕雨果　著	李玉民　译
昆虫记	〔法〕法布尔　著	陈筱卿　译
八十天环游地球	〔法〕凡尔纳　著	陈筱卿　译
格列佛游记	〔英〕斯威夫特　著	张明芳　译
基督山伯爵	〔法〕大仲马　著	李玉民　译
木偶奇遇记	〔意大利〕科洛迪　著	凌　喆　译
名人传	〔法〕罗曼·罗兰　著	陈筱卿　译
鲁滨孙漂流记	〔英〕笛福　著	王晋华　译
简·爱	〔英〕夏洛蒂·勃朗特　著	宋兆霖　译
飘	〔美〕米切尔　著	朱攸若　译
格林童话	〔德〕格林兄弟　著	金洪良　译
安徒生童话	〔丹麦〕安徒生　著	石琴娥　译
高老头	〔法〕巴尔扎克　著	詹　婷　译
莫泊桑短篇小说精选	〔法〕莫泊桑　著	李玉民　译
汤姆·索亚历险记	〔美〕马克·吐温　著	袁翔华　译
泰戈尔诗选	〔印度〕泰戈尔　著	张炽恒　译
天方夜谭	〔阿拉伯〕佚名　著	郅溥浩等译
爱丽丝漫游奇境	〔英〕卡罗尔　著	冷　杉　译
假如给我三天光明	〔美〕海伦·凯勒　著	袁红艳　译
希腊神话故事	〔德〕施瓦布　著	高中甫　译
茶花女	〔法〕小仲马　著	李玉民　译
伊索寓言	〔古希腊〕伊索　著	杨海英　译
瓦尔登湖	〔美〕梭罗　著	王义国　译
欧·亨利短篇小说精选	〔美〕欧·亨利　著	王晋华　译
欧也妮·葛朗台	〔法〕巴尔扎克　著	傅　雷　译
契诃夫短篇小说精选	〔俄〕契诃夫　著	徐美娥　译
爱的教育	〔意大利〕亚米契斯　著	夏丏尊　译
呼啸山庄	〔英〕艾米莉·勃朗特　著	宋兆霖　译
堂吉诃德	〔西班牙〕塞万提斯　著	刘京胜　译
海底两万里	〔法〕凡尔纳　著	陈筱卿　译

世界文学名著·有声阅读

书名	作者	译者
复活	［俄］列夫·托尔斯泰　著	吴兴勇　译
大卫·科波菲尔	［英］狄更斯　著	宋兆霖　译
地心游记	［法］凡尔纳　著	陈筱卿　译
培根随笔集	［英］弗兰西斯·培根　著	尹丽丽　译
傲慢与偏见	［英］奥斯丁　著	王晋华　译
神秘岛	［法］凡尔纳　著	顾微微　译
吹牛大王历险记	［德］拉斯伯　著	邵灵侠　译
红与黑	［法］司汤达　著	罗新璋　译
绿山墙的安妮	［加］蒙哥玛丽　著	姚锦镕　译
汤姆叔叔的小屋	［美］斯托夫人　著	李自修　译
钢铁是怎样炼成的	［苏联］奥斯特洛夫斯基　著	周　露　译
三个火枪手	［法］大仲马　著	李玉民　译
尼尔斯骑鹅旅行记	［瑞典］拉格洛夫　著	石琴娥　译
雾都孤儿	［英］狄更斯　著	黄水乞　译
小王子	［法］圣埃克苏佩里　著	尹丽丽　译
安娜·卡列尼娜	［俄］列夫·托尔斯泰　著	力　冈　译
草原上的小木屋	［美］怀尔德　著	郑　澈　译
苦儿流浪记	［法］马洛　著	唐　珍　译
捣蛋鬼日记	［意大利］万巴　著	方小济　译
少年维特的烦恼	［德］歌德　著	高中甫等译
柳林风声	［英］格雷厄姆　著	张炽恒　译
福尔摩斯探案集	［英］柯南·道尔　著	谷雨天　译
老人与海	［美］海明威　著	张炽恒　译
母亲	［苏联］高尔基　著	吴兴勇等译
秘密花园	［美］伯内特　著	姚锦镕　译
金银岛	［英］斯蒂文森　著	张贯之　译
居里夫人自传	［法］玛丽·居里　著	陈筱卿　译
水孩子	［英］金斯利　著	张炽恒　译
小鹿班比	［奥］费利克斯·萨尔登　著	杨曦红　译
绿野仙踪	［美］弗兰克·鲍姆　著	张炽恒　译
哈姆莱特	［英］莎士比亚　著	朱生豪　译
夜莺与玫瑰	［英］王尔德　著	林徽因　译
莎士比亚悲剧集	［英］莎士比亚　著	朱生豪　译

世界文学名著·有声阅读

书名	作者	译者
莎士比亚喜剧集	〔英〕莎士比亚　著	朱生豪　译
人性的弱点	〔美〕戴尔·卡耐基　著	闫晓红　译
蒙田随笔集	〔法〕蒙田　著	肖　亮　译
安妮日记	〔德〕安妮·弗兰克　著	杨　平　译
了不起的盖茨比	〔美〕菲茨杰拉德　著	沈学甫　译
百万英镑	〔美〕马克·吐温　著	李慧懿　译
牛虻	〔爱尔兰〕伏尼契　著	曹玉麟　译
战争与和平	〔俄罗斯〕托尔斯泰　著	肖　亮　译
悲惨世界	〔法〕雨果　著	李玉民　译
月亮和六便士	〔英〕毛姆　著	王晋华　译
王子与贫儿	〔美〕马克·吐温　著	姚锦镕　译
最后一课	〔法〕都德　著	段满福　译
父与子	〔德〕埃·奥·卜劳恩　绘	
稻草人	叶圣陶　著	
宝葫芦的秘密	张天翼　著	
呼兰河传	萧　红　著	
鲁迅杂文精选	鲁　迅　著	
朝花夕拾	鲁　迅　著	
呐喊	鲁　迅　著	
你是人间的四月天	林徽因　著	
朱自清散文精选	朱自清　著	
徐志摩精选集	徐志摩　著	
城南旧事	林海音　著	
繁星·春水·小桔灯	冰　心　著	
茶馆·龙须沟	老　舍　著	
骆驼祥子	老　舍　著	
家书	傅　雷　著	